Q版特工19

梁科慶

Q版特工19　叛逃
作者／梁科慶
總編輯／馬鎮梅
文稿審訂／楊碧瑤
協力編輯／王心靈
美術設計／黃漢威
出版發行／突破出版社
香港沙田亞公角山路33號突破青年村
電話：2632 0000　傳真：2632 0388
電郵：breakthrough@breakthrough.org.hk
網址：http://www.breakthrough.org.hk
http://www.btproduct.com
承印／陽光印刷製本廠
2007年12月初版1刷
2011年5月初版3刷

Ah Wing, the Secret Agent 19: Lost Riddle
by Leung For-hing
First Printing, First Edition, December 2007
Third Printing, First Edition, May 2011

ISBN 978-962-8913-91-6

本書經文取自《新標點和合本》，版權為香港聖經公會所有，承蒙允准採用，特此鳴謝。

每一個
年輕人都應當
乘着夢想的
翅膀出航。
飛翔專號

目錄

序：阿Wing的另類任務

潘步釗博士
裘錦秋中學（元朗）校長

科慶在《反恐狙擊912》的〈自序〉說：「至於阿Wing將來會有女朋友嗎？（這是一個大家都很關心的問題。）但我得再說一聲對不起，我真的不知道。因為我和大家一樣，只是一個陪伴着阿Wing同行人生路的朋友。」

小說人物從來就如此，他在故事中走出了自己的生命，你便要尊重他——即使你是作者。科慶深明此道，因此他一直沒有過分干預阿Wing的思想情感；但科慶是有抱負的說故事人，所以阿Wing不會只是小說中的特工，他還有很多小說以外的任務須要完成。

讀「Q版特工」，我看到了科慶的野心。他不是宋元說話人，不會單單為了寫故事，吸引只求一笑的聽眾；他也不是輕淺的劇本或流行曲詞撰者，只求營造剎那激情和浪漫。他有很多信息要傳遞，像本故事中瑪莉卡的不幸遭遇。她和阿 Wing 的狂奔式逃亡，只是一條復一條的絲線，串起散落在作品中，作者的許多心緒和意圖。領略了這些意圖，生動有趣、想像豐富的故事情節，就會更炫然奪目，讓年輕人讀出更多的味道。

他在作品中宣揚基督精神，提倡人性的關懷，對於偽善好戰的美國和俄羅斯，他幾乎是毫不婉轉地批判。故事的時事和歷史感都逼真，作者明顯希望年輕的讀者，對當前的世界，有更廣闊的認識和更深入的反思。故事充滿控訴，卻濃濃包裹在作者對人類的大愛之中。面對家破人亡的悲慘命運，瑪莉卡對自己的宗教動搖，阿 Wing 在《聖經》裏為她尋找答案。科慶是虔誠的基督徒，這些都自然真摯，毋須多費雕琢工夫。這是一本給年輕人閱讀的小說，作者的真誠和良善，就已經是重要的閱讀理由了。

小說花了不少篇幅來析述、介紹車臣人的遭遇和情感，數十年來與俄羅斯和前蘇聯的恩怨情仇，資料豐富。科慶不是為了教歷史，弘揚人性美好才是當中的最強音。

阿 Wing 也愛詩詞，由唐詩到新詩，驚心動魄、槍林彈雨下的詩意柔情，正是把遙遠而陌生的車臣阿富汗塔利班 F-22，拉回至每一個平凡人如你如我的內心世界。在危機四伏的山區，阿 Wing 會想到張籍的〈關山月〉；在喀布爾市郊，看見一個十一、二歲的女孩，他會想到《國家地理雜誌》那個封面女孩，神情迷惘不安、鬱結而令人心悸。這當然不是特工，或者不只是特工的故事，而是活在人文氛圍中每一個人的遭遇。

讀「Q 版特工」，我讀到真誠、關懷和良善——一如我認識多年的科慶。

作者電郵，歡迎聯絡。郵址：forhing@gmail.com

阿Wing與瑪莉卡的逃亡路線

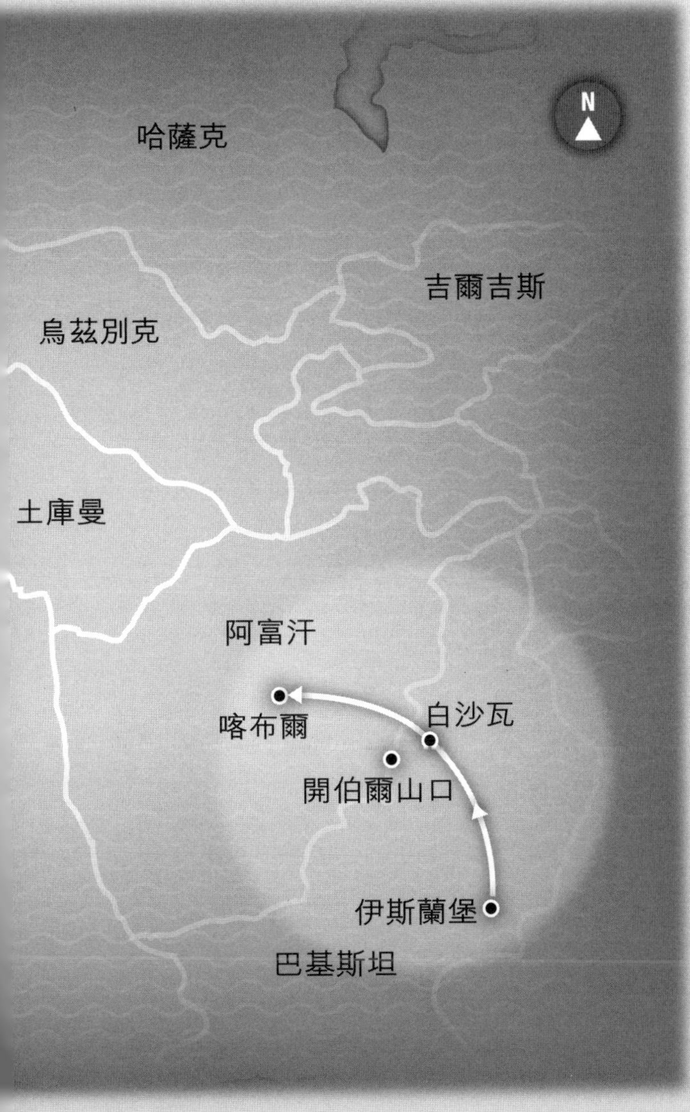

N

哈薩克

吉爾吉斯

烏茲別克

土庫曼

阿富汗

喀布爾

白沙瓦

開伯爾山口

伊斯蘭堡

巴基斯坦

超盟殺令

冷血女殺手背逆了組織，
三國下令「殺無赦」！

1

我「篤篤得得」的敲鍵，輸入一組包括數字、符號、大小楷字母共二十一個字的簽入密碼，登入特工組織的內聯網。

我把筆記本電腦擱在窗前書桌上，窗外是伊斯蘭堡的商業區。時值黃昏的下班時分，我從酒店房間往下看，寬敞平坦的馬路上，各式汽車井然列隊，遵照十字路口的交通燈號緩緩移動。伊斯蘭堡在 1959 年才被定為巴基斯坦的首都，1961 年開始建設，1970 年完工，是世界上最年輕的都市之一，全市經過精細規劃，市容整齊美觀，路邊種植了一排排松樹，樓房分佈平均。這是我頭一遭來巴基斯坦，以往我跟大多數香港人一樣，看見看門的巴籍保安員、路旁的巴籍地盤工人，總以為巴基斯坦貧窮落後，如今有機會到伊斯蘭堡走一趟，對此地的印象大大改觀。

此刻，街上堵車，電腦網絡也堵車。

一直以來，我覺得源於同一族系的巴基斯坦和印度，兩者的分野在於信仰——巴基斯坦人信伊斯蘭教，印度人信印度教。現在，我才察覺兩國的電腦科技水平，也有一大段差距，印度是全球電腦發展的先驅，巴基斯坦則仍處於起步階段。

伊斯蘭堡的五星級酒店內，電腦網絡已屬不錯；如果繁忙時段在普通的網吧，信息的流通速度，恐怕跟現時街上的車速不遑多讓，只比蝸牛爬行爽快少許。

我托着下巴，瞧瞧電腦屏幕上的沙漏圖示，再瞧瞧街上，一個駕駛技術出色的摩托車司機吸引住我，他開着三輪摩托車在車羣之間左穿右插，不一會便駛過十字路口，遠離堵車路段。

再看電腦時，屏幕終於顯示特工組織的標誌。那是一個設計平庸的地球圖案，用色單調，毫不起眼，與我們特工的意識形態相類同。正如俄羅斯的特工頭子伊萬諾夫所言：「我不會透露 KGB 學校教了我什麼。除了這個，我學懂不要在羣眾中突出自己。」

老實說，只有活得不耐煩的特工，才把自己打扮得矚目出眾，既像電影明星，卻也像活靶子。另外，我們的地球標誌還有一個含意，它代表我們的角色中立，不隸屬任何國家或政治組織。我們只為世界和平、人類幸福、社會公義而戰。

我點擊地球標誌的左上角，登入留言區。噢，真巧，阿漆也在線上，我們在線上展開對話。

「老友，你好嗎？」

「不壞，剛吃過一客美味的三明治。」

「你那邊的狀況如何？」

「兩個大長金平安回家。雙方恢復談判。」雖在內聯網聊天，但內容畢竟涉及機密，我們儘量用字隱晦。

阿漆在阿富汗協助營救南韓人質。2007 年 7 月 19 日，塔利班武裝分子在阿富汗的加茲尼省綁架了二十三名南韓教會義工，向南韓及阿富汗政府提出多項釋放人質的條件，包括撤走南韓駐阿富汗的部隊，以及釋放塔利班囚犯。

「真替她們的家人高興。」這個月來，電視新聞報道天天播放人質親人呼天搶地的片段，真箇見者心傷，聞者流淚。

「可惜，失去了兩個閔正浩。」阿漆所指的，是南韓人質裴衡圭和沈聖珉，他們分別在 7 月 25 日及 31 日被槍殺。至於那兩個平安返國的，是女人質金慶子和金智娜，她們因病重而首先於 8 月 13 日獲釋。

「可有找到鳥巢的線索？」

「線人表示共有九個鳥巢，而且，差不多天天遷移，極難追蹤。」

「新一輪談判順利嗎？」

「大長金的長輩正與大鬍子面談，進展樂觀。」阿漆暗示南韓政府代表現與塔利班武裝分子直接談判，「你那邊又怎麼？」

「我來了三天，等了三天。聽說還有些細節有待安排。」我納悶地回應。

「哪方面的細節？」

「似乎是交通方面，我不清楚詳情。那位跟我接頭的鄭先生，不知是糊塗還是裝傻？不管問他任何事，他的答覆總是不清楚、不肯定、沒資料、沒消息。」

「唉！希望你早日啟程吧。」

「但願如此。我呆在酒店，悶得發慌。不過，這事急不來，這裏情況的確比想像中混亂。」

「如何混亂？」

「一言難盡。」

這時，露絲也簽入內聯網。一來，此處的網絡頻寬實在太窄，我跟不上他們的聊天速度；二來，我不想阻礙他們談心，便識趣登出。

我合上筆記本電腦，離開座椅，在睡牀和電視機之間做了十多下壓腿動作，然後拉開雪櫃，裏面僅有的三瓶鮮奶已給我喝光，我隨手取了一罐果汁，回到窗前，盤膝坐在又涼又硬的大理石窗台上，喝着包裝和味道都有點怪異的果汁，默默遙望街景。路上車輛漸少，交通較前順暢。

長街盡頭矗立着一幢高大華麗的清真寺。伊斯蘭堡的街區呈正方形，每個街區的中心點都是清真寺，以滿足老百姓的信仰訴求。這所清真寺築有兩座對稱的五層高塔，每座塔各有一個圓頂，正門是五彩石鑲嵌的拱形門，房頂正中是個金色的大拱頂。一抹斜陽灑落，清真寺反射夕照，於暗淡的平房之間閃閃生輝，為這所金光燦爛的巨無霸，增添一份惟我獨尊的霸氣。

清真寺後面是一塊谷地，伊斯蘭堡的使館區座落谷地之內，我的任務目標就在那裏。

相較之下，阿漆的任務比我的來得直截了當。塔利班擄走二十三名南韓基督徒義工，更殺死其中兩人，義工不同特工，他們到阿富汗只為當地貧民服務，塔利班這次流無辜人的血，據聞就連頭號恐怖分子拉登也認為他們的做法過分。因此，阿漆要查出綁匪的巢穴，拯救人質，即使要在過程中殺掉恐怖分子，相信沒人責怪他。

我的處境則不同，任務目標雖同是恐怖分子，但伊斯蘭堡的情況複雜多了。

上星期五，一名車臣恐怖分子携同機密材料闖進這裏的中國領事館，尋求西歐國家庇護。

車臣恐怖分子一直是俄羅斯的心腹大患，他們不斷製造恐怖襲擊，爭取車臣獨立。近年最為人關注的，莫過於 2004 年北奧塞梯的別斯蘭第一學校人質事件，俄羅斯特種部隊採取一貫的強硬策略，強攻恐怖分子，結果引致三百三十名人質喪命，其中半數為學童。

這趟，我在伊斯蘭堡處理這複雜事件的關鍵，在於那車臣恐怖分子手上的材料中，包括一份美國在沙地阿拉伯暗中訓練車臣恐怖分子的證據，情況由此變得混亂至極。車臣恐怖組織固然要除去叛徒；俄羅斯政府力謀攫得那車臣人，利用其手中的材料來個一石二鳥，既對付車臣恐怖分子，亦迫使美國為一系列車臣恐怖流血事件負責任；然而，美國國務院如常否認指控。不過有情報顯示，美國的戰鬥人員已祕密潛入巴基斯坦，目的是摧毀有關證據。

中國領事館為表中立，拒絕把那車臣人交給美、俄兩國，同時應那車臣人的意願，為他聯絡西歐國家。幾經斡旋，終於有一個歐盟成員國答允收容，而護送那車臣人的擔子就落在我肩上。由於這事至少有三方人馬介入，為求安全，交通路線一改再改，因此我來了三天，還未能成行。

希望不用等太久吧。

我喝罷最後一口果汁，使出丁點指力，捏塌果汁罐，再用三根指頭拈住扁罐，瞄準牆邊的垃圾桶，預備，出手——

褲袋裏的手提電話突然震動——

我稍一分神，唉！失手！扁罐離手飛出，呈一拋物線飛越桌子、椅子、睡牀、茶几、行李几，噹的一聲扔到桶邊，反彈落在垃圾桶旁。

我接聽電話，對方說道：「阿 Wing，可以行動了。五分鐘後，酒店後門有專車來接你。」

「馬上到。」我跳下窗台，打開衣櫥，拿出戰術背心，披在身上。我一早把輕便器材放進戰術背心的口袋，以備隨時出動。

臨行前，經過走廊，我俯身拾起扁罐，開門踏出房間，反手將扁罐往後一拋，用腳跟帶上房門。

「的——嗒——」扁罐掉落垃圾桶底。

2

中國領事館的黑色平治七人車，不動聲色的開抵酒店後門。車未停定，後座車門已經敞開。

我掃視左右無人，第一時間竄進車廂內。司機隨即按鍵關門，我拉上窗簾。

七人車徐徐駛離酒店。

繁忙時間已過，道路回復通暢。一路上，司機不發一言的靜心駕駛，車子拐了許多個彎，最終駛進使館區。一般往使館區的人，按例要在谷地前的小山坡接受保安檢查，領事館的車輛當然可免。

自從車臣人事件曝光後，國際傳媒大軍隨即殺進使館區，他們在中國領事館門外的草坪上各佔據點，架起攝影機、攝錄機，長長短短的鏡頭瞄準領事館。每當車輛進出，總會觸動記者們的神經，這次也不例外。當七人車駛近領事館大閘門，他們便蜂擁而來，要看看誰在車內。一時間，閃燈閃個不停，我連忙伏下，不讓他們從擋風玻璃看見我、拍下我。

聽見在場的巴基斯坦警察喝止記者，聽見鐵閘向後打開。看來，讓事件曝光，是中國領事館的高招，在傳媒的鏡頭底下，三方人馬都有所顧忌，不敢明刀明槍攪擾領事館。

七人車駛進領事館停車場，停在隱蔽的角落。

中國領事館的主座建築，樓高五層，屬伊斯蘭傳統建築風格，屋頂正中是個桃形的大拱頂，四角築有尖塔，白色的石牆刻有花草裝飾圖案。

司機領我穿過側門，走進主座樓，來到二樓的會議室。鄭先生早已坐在會議室裏，抽着香煙在等候。從煙灰缸裏的煙頭數目推斷，他在這裏大概坐了兩小時，甫看見我進來，他立即弄熄香煙，站起來，客套地說：「辛苦你。」他的齒縫間溜出了最後一口煙。

「不辛苦。」我也客套地回應，「可以行動了嗎？」

「可以，交通安排妥當。」

我環視四周，問：「人呢？」

「職員帶她更換衣服去了，她一身伊斯蘭傳統女裝，頭巾呀、面紗呀、寬袍呀，既行走不便，也太引人注目了。」

「那車臣恐怖分子是個女的？」

「你不知道麼？對，對，對，哎喲……」鄭先生誇張地用手背拍一下額頭，「你還沒跟她見過面，我亦不曾告訴你。」

這次我看得出，他在裝傻。他這樣做，大概為了減低消息外泄的機會吧，我明白的。

「原來是個『黑寡婦』。」我沉吟道。

車臣長年戰亂，無數青、壯男子喪命，遺下寡婦無數。恐怖組織收編她們，加以洗腦、訓練，把她們的喪夫之痛轉化成復仇的原動力。不少恐怖襲擊個案，乃是黑寡婦在俄羅斯的客機、火車、劇院、商場等人流密集之地，引爆藏在寬袍裏的炸彈；她們不惜把自己炸得支離破碎，也要造成嚴重傷亡。這種瘋狂的自殺式襲擊，聽見都教人心寒。

「今晚送走她以後，我終於可以鬆一口氣。」鄭先生吐出一句真心話。

我半開玩笑地問：「她早前沒有帶着炸彈進領事館求助吧？」

「我不擔心她身上暗藏炸彈，只擔心從外面飛進來的炸彈。」鄭先生一本正經地回答。

「何出此言？車臣恐怖分子的敵人不是中國，美、俄兩國雖想得到那車臣女人，但也不敢公然攻打中國領事館吧。」

「不敢？別忘了 1999 年 5 月 8 日，以美國為首的北約戰機轟炸南斯拉夫，當晚，三枚美國導彈……」鄭先生咬緊牙關說下去，「誤炸中國領事館，三死二十三傷啊！」

「經你一提，我倒想起來。事後，當年的美國總統克林頓一再公開道歉，推說空軍錯用舊版南斯拉夫地圖，分明睜着眼睛說謊話。」事隔多年，想來，我仍氣憤難平。

「自從那車臣女人進來後，美國的 F-22 猛禽戰機每夜都飛過我們領事館上空。說不定，他們打算重施故技，又來一次誤炸。」鄭先生憂心忡忡的樣子。

「F-22 是美國新一代的隱形戰機，匿蹤功能極佳，行蹤連雷達也偵測不到。奇怪，你從何得知？」

「嘿嘿，雷達是死的，人是活的。我們的線眼有時比雷達更可靠、更準確。再說，就算巴基斯坦軍方雷達發現美國戰機衝着中國領事館而來，他們不一定會吭聲。」鄭先生頓了一頓，道：「既然你提起，我不妨告訴你，F-22 的匿蹤技術並非十全十美，死穴在於天線。」

「天線？」

「它的天線體積雖然細小，但屬於反射率高的金屬製品。理論上，雷達可以憑那一點不尋常的反射，偵測到 F-22 的位置……」

咯咯——

說着，有人叩門。

鄭先生朗聲道：「請進。」

門打開，領事館女職員伴着一個女人站在門外。

「進來，進來，我為你們引見，這位是阿 Wing，這位就是——瑪莉卡。」

「嗨，瑪莉卡。」我向她揚手打招呼。

瑪莉卡的年紀約有三十出頭，體形粗壯，高鼻深目，神態冷傲，她用一雙淺藍色的眼睛端詳着我，木然地向我點頭。當她的臉部肌肉稍微牽動時，左臉頰浮現一個不讓陳方安生專美的小酒窩；然而，一道粗若筷子的疤痕自她的酒窩延自下巴。這道疤痕彷彿在默示，歡笑已從瑪莉卡的生命裏永遠失落。

我看她戴着漁夫帽，改穿尋常襯衣、牛仔褲，頸項上掛着卡塔爾半島電視台的記者證，便轉向鄭先生，問：「我們假扮記者？」

鄭先生笑道：「目下，領事館外面沒一百，也有八十名記者，再加上你倆，也沒人察覺。而且，那些記者當中，有部分也是假冒的。」

「啊！真的？」

「他們監視我們，我們同樣監視他們。我們這幾年的情報工作搞得不錯，不消一小時，已能分辨誰是真記者，誰是假記者。」

「好哇。我們就以彼之道，還施彼身！」我道。

鄭先生回頭吩咐女職員：「通知巴基斯坦軍方。」

「是。」女職員退出會議室。

「好吧。阿 Wing、瑪莉卡，我們的計劃是這樣的……」鄭先生拉開身旁的文件櫥，捧出一台手提攝錄機，遞給瑪莉卡，然後從外套的口袋裏取出一個全球定位儀和一片拇指磁碟，一併交給我。

3

十五分鐘後，一輛巴基斯坦陸軍的 M113 裝甲運兵車，在兩部警察摩托車開路下，浩浩蕩蕩的駛進中國領事館的停車場；M113 才熄掉引擎，一架巴基斯坦空軍的 AH-1F Cobra 直升機飛至，降落在領事館的後院。

記者們的神經再度被觸動，大夥兒甚為緊張，不住交頭接耳，或打電話給消息人士，想盡辦法打聽圍牆內的中國人在搞什麼。

謎團於五分鐘後揭開，鄭先生向外發放新聞稿，聲稱車臣人即將離開中國領事館。

再過兩分鐘，警察摩托車領着 M113 駛離中國領事館，向南開走。AH-1F Cobra 差不多同時起飛，朝北面飛去。

新的謎團產生了，一南一北，記者們頓時不知所措。車臣人只有一位，她到底在直升機內，還是在裝甲車內？抑或兩者都不是？

儘管如此，南也好，北也好，總得追蹤採訪，於是他們紛紛上車，有人向南追，有人向北趕去。就在此時，瑪莉卡拉低帽子，把攝錄機托在肩上，遮着左臉，跟我乘亂從暗門偷出中國領事館。我們於泊在路旁的眾多採訪車當中，找到了鄭先生預備的「半島電視台」採訪車。

我和瑪莉卡迅速登車。我匆匆開啟 PDA 的電子地圖，看明白方位，便駕着採訪車混進車羣裏，駛出使館區，依照鄭先生的計劃，先向北面駛去。

AH-1F Cobra 在我們正前方低飛，機尾的紅燈在夜空中一閃一閃，似一隻眨呀眨的眼睛，嘲弄身下一羣愚蠢的記者，齊中了調虎離山計。

瑪莉卡坐在我右邊，怔怔的瞅着前路，始終不吭一聲。難道她是個啞巴？她啞或不啞，與我無關。我的任務，是按着鄭先生給我的全球定位儀所指的方位，依時到達目的地，把瑪莉卡和那片拇指磁碟交給接收她的國家代表。這看來非常簡單，大約三十分鐘的路程，只要無驚無險一抵達，就完成任務。

正當不防掉以輕心之際，驀地火光閃爍，右前方轟然爆響，一枚地對空導彈從一列平房後面射出，直衝向AH-1F Cobra；接着，火光再閃，同一地方又射出另一枚導彈。AH-1F Cobra急速爬升，僅僅避過第一枚導彈，卻被第二枚追上，機尾中彈後失控打轉，終致墜落地面。

「轟隆——隆——」

AH-1F Cobra爆炸，升起一個大火球，燒紅了半邊天空。

我「軋」的煞停車子。墜機處，烈焰衝天，濃煙瀰漫，我看傻了眼。

不是吧？裝甲車和直升機已成功引開那羣真假參半的記者，目的已達，鄭先生不必找人擊落直升機。我百思不得其解。

瑪莉卡終於開腔：「刺針式導彈，托在肩上發射。是虔誠軍所為。」原來她並非啞巴。

虔誠軍是巴基斯坦本土的恐怖組織。恐怖分子的事，瑪莉卡比我清楚，她一口咬定導彈是虔誠軍發射，相信錯不了。

「虔誠軍為什麼要攻擊那直升機？」我問。

「殺我。」瑪莉卡平淡地回答，「車臣游擊隊跟虔誠軍素有聯繫，他們要在巴基斯坦幹掉我，虔誠軍大可代勞。」

「原來如此。」我趁着周遭的人都注視着墜機情況，便驅車左轉，按原定路線折向西行，遠離市區。

我用指頭輕敲方向盤，心裏開始擔憂那輛 M113，自言自語地道：「直升機中伏，那麼，裝甲車……」

「凶多吉少。」瑪莉卡斷然道。

我瞥她一眼，扭開儀表板的收音機。電台剛播放特別消息：五分鐘前，一架軍方直升機遭導彈擊落，差不多同一時間，一輛裝甲運兵車遇到路邊汽車炸彈襲擊，給炸成一堆廢鐵。直升機和裝甲運兵車不久前均從中國領事館開出，機上和車上恐怕無人生還。

我深感詫異，說：「路線在傍晚才決定，虔誠軍的人竟部署得那麼快？」

「也許，中國領事館或巴基斯坦軍方，有人走漏消息。」瑪莉卡冷笑一聲，「然而，這也不壞，起碼大家暫時以為我死了。待他們知道我不在屍體之中，我已抵達歐洲的安全地點，隱姓埋名。」

「可是……」我感到一陣心寒，「車上、機上的軍人，皆為你而無辜枉死。」

「死去幾個人，有什麼大不了？反正，天天都有人死去。」瑪莉卡還是一副事不關己的樣子。

「你……」

「你想罵我冷血？我的確冷血。」

我無話可說，她又回復閉口不言。

瑪莉卡本來就是個冷血的殺人狂，所受的盡是種種濫殺無辜的訓練。恐怖分子如有絲毫惻隱之心，便不會光天化日在鬧市引爆內藏骯髒鐵釘的炸彈，以求殺傷最多人。他們不管死傷者是男是女是老是幼，總之就要血流成河、屍橫遍地。他們若不冷血，怎下得了手？

一般恐怖襲擊，他們稱之為「聖戰」。他們抱持一種外人難以理解的信念，凡為「聖戰」而死的，死後會上天堂。故此，縱使執行自殺式襲擊，他們也毫不退縮。雖然我不肯定天堂是怎樣的光景，但血腥、仇恨、兇殺、暴戾，可能在天堂出現嗎？

犧牲寶貴的生命，對於瑪莉卡來說，等同死掉幾隻螞蟻！話不投機，現在也不是討論的時候，我乾脆閉嘴。

再過十多分鐘，我將與她各走各路，日後生死不相往來。她的暴力信念根深柢固，勸她不會改，罵她不會醒，我還是省點氣力，完成任務返回市區買塊烤羊腿吃。

進入郊區，車路愈來愈暗，愈來愈凹凸不平，幸虧鄭先生為我預備了這輛 Suzuki 越野四驅車，還在車頂加裝兩盞強力射燈，方便在野地行走。接下來的路再沒一盞路燈，我便扭亮射燈，燈光宛如一雙巨大而銳利的光刀，一片片的剖開夜幕。奈何，夜幕既黑且厚又神祕，才剖開，剛衝過，從倒後鏡望去，先前走過的路迅即回復漆黑一片。

前頭有什麼，我猜不到；後面有什麼，我看不清；身旁這冷血恐怖分子心裏想什麼，我摸不透。

特工的人生充滿冒險和荒謬。

每當「任務」兩字壓下來，不想去的地方你要去，不想見的人你要見。「人在江湖，身不由己。大局為重，絕對服從。」這十六個字，正是我們的寫照。

* * *

我歎氣三次以後，指定方位就落在四驅車的右前輪底。我踏下腳掣，扳起手掣，取出全球定位儀重複核對一次，方位正確。然而，我們身處曠野，車上的燈光所及，但見周圍盡是土丘、岩塊、砂礫，連樹也沒一棵、草也沒一條，荒蕪極了。我與瑪莉卡交換眼神，狐疑地推門下車。

晚風颼颼，四野寂寂，這兒確是進行祕密活動的理想地點，不過——

「接應我的人在哪裏？」瑪莉卡的語氣略帶緊張。

我舉目四顧，沒人，沒車，沒燈光。瑪莉卡的問題，我委實不懂回答。既然不懂回答，那就不答，少說話多做事，是我面對話不投機者的格言。

我踮直腳尖，伸手把兩盞射燈的照射角度推至朝天，再鑽回駕駛座，關掉車頭燈，用指頭抵住射燈的開關鍵，連續開與關三次。這當然都是鄭先生在領事館曾囑咐的動作。鄭先生所知有限，或者知而不言……總之，我也不曉得這樣做會有什麼後果。

連續三次開關射燈過後，我步出車廂，與瑪莉卡一起引頸張望。四周仍舊靜悄悄的，全無動靜。

瑪莉卡用指甲不安地敲着車頂，問：「地點正確嗎？」

「全球定位儀分毫不差，怎會沒人接應？」我取出衛星電話，考慮再多待一會兒，還是聯絡鄭先生問個明白。

就在這時，上空倏忽傳來陣陣刺耳的噪音。我們抬頭一看，一架戰機穿過雲層，側翼飛下，它低飛至我們上方，隨即改為垂直降落。

我從戰術背心抽出單筒夜視望遠鏡，仔細觀察。特長的機鼻、超臨界型機翼，我認得它是「獵兔犬」垂直升降戰機。

我高聲喊道：「接應你的人來啦！」

看見戰機，瑪莉卡繃緊的臉容這才放鬆。

「獵兔犬」於離四驅車約 100 米之處轟然着陸。機師打開雙座位艙蓋，向我們招手。

「走。」我掏出那片拇指磁碟，挽着瑪莉卡的手臂，望「獵兔犬」跑去。

瑪莉卡的步伐愈來愈輕快，畢竟即將脫險了，我也替她高興——儘管我不喜歡她。

尚差 30 米，瑪莉卡便可攀上戰機，我的任務即將順利完成。可是，多跑幾步之後，我無意中發現「獵兔犬」機身上沒來由的有一紅點。我猛然一驚，立即停住腳步，也拉住瑪莉卡。紅點的大小若鉛筆頭，那是個鐳射光點標示，來自一道纖細的鐳射光束，光束從附近一個土丘射來。

「你幹什麼？」

我不答她，只管低頭察看手上的衛星電話，沒信號。剛才是有信號的，我肯定。我再看全球定位儀，同樣沒信號。

我聯想到人工雜訊。

人工雜訊是戰機在攻擊地上目標前的必殺技，方法是在攻擊目標上空撐開傘狀的背景雜訊，大範圍地覆蓋下方，干擾敵人的雷達，使其電子通訊系統癱瘓，令敵人彷彿變得又聾又啞又盲，任人宰殺。

「獵兔犬」機身的鐳射光點標示，加上人工雜訊的佐證，我敢斷定，那光點是導彈的鐳射導引，戰機機師稱之為「替目標塗色」。

簡單地說，「獵兔犬」此刻已被上空的戰機鎖定，導彈隨時射到。

我厲聲呼喝：「危險！快撤！」

「獵兔犬」機師亦覺不妥，立刻關上艙蓋。一陣尖銳的嘶聲從雲端傳來。「獵兔犬」機師迅速加大引擎馬力，力求盡快起飛。「獵兔犬」發出震耳欲聾的巨響。可惜，它剛拔地而起，一道眩光自高天衝下——

我縱身撲前，擁着瑪莉卡滾在地上，一同蜷曲身體，雙手抱頭。

我偷眼一看，導彈刺入「獵兔犬」機身，像獵人的尖矛刺入獵物。

「轟——隆——」

巨響、熱氣、高壓、震盪交織而成的「恐怖」橫掃整片野地。滾燙的砂石亂飛，扭彎的金屬部件迸散，炙熱的濃煙席捲而來，焚燒的碎片如雨點散落。天與地剎那間像倒轉了似的，天彷彿塌下，地彷彿裂開，四處混沌一片。我感到頭暈目眩、窒息氣悶、無助虛脫、五臟移位、渾身疼痛。

是世界末日嗎？

我的腦袋一片空白，時間好像停頓了，一切灰飛煙滅。

直到一個着火的輪胎從我面前不遠處滾過，我才回過神來，意識到自己仍然存活，仍有視覺，仍懂思考。嗯，這個輪胎太小了，不似飛機輪胎，那是……我心感不妙。我試着扭動頭頸，看看我的四驅車。四驅車車身插着一大塊機翼碎片，正燒得熾熱。

我渾身不自在，不是痛，便是麻。不是傷了什麼地方吧？我嘗試舒展手腳……

「伏着別動……」瑪莉卡在我身旁輕碰我的手臂，幸好她仍活着。

瑪莉卡輕聲說：「有人前來。」

我靜心細聽，右方果然響起腳步聲，那是獨行的足音。若沒猜錯，來者正是那躲在土丘後面，發射鐳射光點的人。他在攻擊戰機過後，前來檢查死傷。

「確認，目標完全摧毀。」他似乎透過無線電向上級報告。

此時，瑪莉卡把手探進我的戰術背心裏，她想要什麼？

「機師已粉身碎骨……我剛才看見的那特工和那車臣女人，他們的生死有待確認……」

我緩緩側頭，瞇眼看他。火光之中，他是個身形高大的漢子，拿着對講機，經過被毀的「獵兔犬」，正朝着我們走來。

「不留活口，收到。」大漢拔出手槍。

言下之意，他若察覺我們沒死，便會殺掉我們。我慢慢拾起一顆石子，扣在指間，正要待他走近，轉身給他一記「彈指神功」；可我稍稍挪動身體，右腿劇痛難當，想是方才的爆炸傷了右腿，而且傷勢不輕。糟糕！不能動，怎轉身？不能轉身，怎打暗器？

「卡察——」大漢將子彈推進槍膛，他離我們更接近了。

如何是好？

「喀——」大漢誤踩一塊機身碎片，絆了一下。

忽地，瑪莉卡從我的戰術背心裏抽出了 SIG P220

手槍，敏捷地由俯伏轉為躺臥，舉槍對準大漢——

「砰——砰——砰——」

那高大的漢子應聲倒下。

「你……好槍法！」我拋掉手中的石子，「可以拉我一把嗎？我的腿受傷了。」

瑪莉卡把 SIG P220 塞回我的戰術背心，賭氣地說：「我的左手也在流血哩！」她的語氣雖冷漠，但仍伸出右手，掖着我的胳膊，助我站起來。

瑪莉卡用右手按壓受傷的左臂，問我：「你沒大礙吧？」

「右腿很痛。」說罷，我單足站定，把拇指磁碟放進口袋，為瑪莉卡點穴止血。

「噢，你這門功夫真厲害，用指頭點幾下，馬上見效。」

「可惜，能醫不自醫。我的腿骨裂了，一時三刻不能復元。我要找些東西包紮，固定骨骼。」我苦着臉，說：「請你搜查大漢的口袋，或許會有發現。」

瑪莉卡蹲下搜查大漢的衣物。

我無奈地瞧瞧爛車，瞧瞧破飛機，腦子裏滿是疑問。

瑪莉卡提醒我：「你怎麼還不通知鄭先生，請他派人來接走我們？」

「不行。」我輕輕搖頭。

「嗯？」瑪莉卡抬頭緊盯着我，表情錯愕。

「你沒聽見大漢剛才的通話內容嗎？他知道我是特工，你是車臣女人。還有，這本來是個祕密地點，為什麼上空有戰機、地面有殺手？他們想必早已在此埋伏。」

「對，到了這田地，我們要保住性命，誰都不可相信。」瑪莉卡站起來，抖了抖雙手，「大漢身上只有手槍和子彈，沒證件，沒錢包，沒鑰匙。」

「再過一會兒，戰機機師沒法跟他取得聯絡，便知道我們還沒死去，或許會發動第二輪攻擊。看來，我們要先離開險地，徐圖後計。」看着倒臥地上的大漢，我說：「他不可能走路而來，我們翻過土丘，看看有沒有車子吧。」

「我扶你。」瑪莉卡靠過來，肩頭放在我的胳肢窩下面，扛着我步上土丘。

「等一等。」我開啟手提電話的拍攝功能，藉着火光，把大漢的臉孔攝進鏡頭之內。

瑪莉卡狐疑地問：「你幹嗎替他拍照？」

「查明他的身分，以及誰人指使他殺我們。」我收起電話，「走吧。」

我強忍住痛挨着她，一拐一拐的越過土丘。

一輛吉普車果然停在土丘的另一邊，鑰匙仍插在匙孔內。瑪莉卡將我安置在吉普車前座，逕自在後座尋找，最後找到一個藥箱。她翻出急救藥品，先為我們的傷口消毒、包紮，再用繃帶纏牢我的右腿。她做起事來，手腳明快。

「謝謝。」

瑪莉卡低頭，悄聲答：「不用客氣。」

經過剛才一役，我們已成為患難之交。這時，大家心裏明白，前面尚有未知的危險，欲安然渡過，就得互相扶助。

我問瑪莉卡：「你懂得駕駛嗎？」

「懂。」

「好，由你駕駛。」

「我們往哪兒去？」

「到附近的小鎮，換另一輛車子。」

「然後呢？」

「向西行，越境前往阿富汗。」

「阿富汗？」瑪莉卡一絲難以置信的表情。

「不錯。你說得對，我們在巴基斯坦已沒人可信。要是想保住性命，就得盡快離開。我在阿富汗有援手，這是我們惟一的生路。」

「就依你的吧。」她坐進左邊的駕駛座，純熟地發動引擎、換排檔、加油、轉動方向盤，把吉普車開走，動作一氣呵成。

我挨着椅背，側身回望毀爛不堪的 Suzuki 越野四驅車和「獵兔犬」戰機，火勢漸弱，隨着吉普車的遠去，殘骸逐漸變成一個縮小的、模糊的火點，感覺有點不真切。這種不真切，是看似堅固的汽車、飛機，轉眼間變成焦土廢鐵；明明安排穩妥的交通路線，一下子變成殺機四伏。到底，有什麼是可靠的呢？一時間，我也給弄糊塗了。

// 越境謎逃

阿Wing跨境逃走；巴丹族小男孩，
抖出了「黑寡婦」的心事……

1

白沙瓦在伊斯蘭堡西面 160 公里，離阿富汗邊境不到 80 公里，建於二千五百年前，是古「絲綢之路」其中一個重要的商貿城市。白沙瓦的古梵語 Pushpapura 意為「萬花之城」，隱約可知，昔日的白沙瓦，確曾有過一段繁華風光的歷史。可惜，今天這地歷盡戰亂洗禮，淪為一個混亂、破舊逼仄，不時飄着腥風血雨的老城。

天亮後不久，我駕着一輛車身長滿鐵鏽的小貨車進入白沙瓦。我的腿沒昨晚那麼痛，可以駕駛。

白沙瓦跟伊斯蘭堡不同，這裏沒有女人單身出門上街，處處充滿伊斯蘭原教旨主義色彩。因此，瑪莉卡外加一件深藍色的長袍，遮蓋頭部和全身，安靜地坐在我身旁。當地人稱這種外袍為「布卡」(burka)，又可譯作帳幕，裹在身上簡直密不透風。我向來怕熱，若要我穿上它，不消半小時，勢必氣絕身亡。看見瑪莉卡這個模樣，我真替她辛苦。

這輛小貨車是昨晚在離白沙瓦 70 公里的小鎮偷來的，我開走人家的小貨車，把吉普車泊在小貨車原來的位置，留下車匙以作補償。吉普車比小貨車值錢，小貨車的主人若懂門路，定會把吉普車於黑市賣掉，賺一筆意外之財。

時間尚早，路上的汽車不多。我們駛過一處塵土飛揚的十字街頭，路旁沿街坐着上百個男人，當中各種年紀都有，從各人擺在腳前的工具，不難猜出他們的技能，例如鋸斧刨錘的是木工、勺子鍋鏟的是廚師、鐵鏟滾刷的是泥水匠。小貨車一駛過，他們緊緊盯着我，流露出期盼的眼神，希望我停下車來，招他們上車開工；遺憾的是，我並非老闆，也不是工頭——我只是一個亡命天涯的過客。

遠離十字街頭，小貨車經過一家頗具規模的酒店，在裏面歇腳，定會十分舒適；但，我不可能「刷卡」入住——刷信用卡，我的行蹤立即敗露。最後，我在小巷選了一個小旅館，入住手續簡單，付現金就成。

品流複雜是小旅館的弊端。當我泊下小貨車，領着瑪莉卡來到櫃台前，已引來附近幾個閒漢不懷好意的注視。也許是因為一個黃皮膚男人跟一個蒙住全身的女人結伴同行，的確罕見吧。於是，我付錢的時候，有意無意地露出插在褲頭的手槍。巴基斯坦政府允許平民持槍，在白沙瓦這等三教九流人物的集中地，槍店林立，合法的、非法的均有，巴基斯坦男人背着步槍逛街，猶如美國黑人在新奧爾良背吉他一般尋常。

我露出手槍，算是向他們作個下馬威，暗示我並不好惹，警告他們不要打我們主意。我寧願被誤會是個拐帶瑪莉卡的人販子，總勝過洩露真正的特工身分。

我這方法果然收效，他們不約而同地別個臉去，不再打量我們。然而，其中一人看似不服氣，故意扯起長長的襯衫，向我展示他掛在腰間的勃朗寧 M1900 手槍。我當然不會逞一時之強，跟他計較，比比槍法。就我所知，白沙瓦的槍擊案甚多，大概因為民風強悍，人人手上有槍，一言不合便開槍互轟。為免多生事端，我在登記表上填寫假名，辦妥手續，立即與瑪莉卡進房休息。

我們實在要好好睡一覺，養好精神，今夜才有氣力越境逃亡，往阿富汗去。

說起逃亡，長久以來，冒險越過開伯爾山逃進白沙瓦的阿富汗人不計其數。近半世紀，有三次悲慘的逃亡潮：1979 年俄軍入侵阿富汗，建立傀儡政府；1996 年塔利班成功奪取政權，實行獨裁專制和政教合一的管治；2001 年美國指稱塔利班支持阿蓋達組織，遂出兵阿富汗，推翻塔利班。每次動盪總衍生大批逃避戰火的阿富汗難民，湧入巴基斯坦。2001 年的頂峰時期，難民人數高達五百萬之多，白沙瓦搭建了似乎看不見盡頭的難民營。而在難民營中，也不知充斥多少恐怖分子、毒販、土匪、山賊、走私客、殺人犯、人販子……那些不法分子，後來成為白沙瓦治安不靖的源頭。

待今天日落後，我和瑪莉卡將一反傳統的逃亡路線，反過來由白沙瓦偷進阿富汗。

折騰了一夜，我們都累透了。瑪莉卡一關上房門，便往左邊的單人牀走去，把它儘量移開。

片刻奇異的沉靜後，我說：「這裏地方複雜，二人同住會安全一點。」

「我明白的。」說罷，她走進浴室，回來的時候已解下頭罩，脫掉長袍，一身原來的記者服。

她爬上牀，面壁，倒頭便睡。

我躺在右邊的單人牀上，臨睡前，用手提電話的保密線路，把那大漢的遺照傳給露絲。

辦妥後，我再看看瑪莉卡，她已睡熟。聽說，穆斯林需要每天五次面向聖城麥加祈禱，但信奉伊斯蘭教的瑪莉卡由離開中國領事館至今，從沒見她祈禱。畢竟逃命要緊，伊斯蘭教的祈禱儀式繁多，又跪又拜的，萬一在祈禱時被殺手追上而死，向聖城祈禱五十次、五百次，也不能復生。我支持瑪莉卡，應睡則睡。我更以行動支持她，一起到夢鄉去。

我閉上眼睛，依稀聽見一陣鼾聲……

*　*　*

我睡得並不安穩，聽着瑪莉卡輾轉反側的說着夢話，我也在牀上與枕頭、毛毯糾纏近四個小時。我由於肚餓再也睡不下去，只有起牀，到浴室淋浴，並刮鬍子。

我出門買食物之前，瑪莉卡仍在夢中，我遂給她留下字條。

旅館附近的食店全開在鋪上石板，仿如迷宮一般的窄巷裏，一來生怕迷路，二來也沒甚好吃，我便隨意在旅館對面的小店買了一份牛肉、一份雞肉、兩份燉雜菜和幾塊酥油餅。巴基斯坦人習慣吃辣，食物無辣不歡，不論什麼菜或肉，都會一律澆上一勺咖喱汁，遠遠比不上中國菜的煎、炒、蒸、炆、炸、焗等變化多端，以及味道層出不窮。

剛返回旅館正門的時候，我收到露絲的短訊，停下細看，是關於那大漢的資料。根據檔案記錄，那人叫溫特本，1975 年生於美國奧克拉荷馬城，隸屬美國三角洲部隊，得過英勇勳章，三年前於伊拉克陣亡。

看罷，我一邊步上樓梯，一邊刪除信息。

呵，原來出招的是美國人。這是美國特工組織的慣常手法——在軍隊物色新血，看中了便安排那人「死去」，再經過一輪地獄式訓練，使他改用新的身分或沒身分地執行祕密任務。

由此推斷，溫特本躲在土丘之後，肯定是他為美國戰機的攻擊目標「塗色」。就攻擊配備而言，昨晚那架戰機，極可能是鄭先生所說的 F-22。

恐怖分子和美國特工先後出招，前者用路邊汽車炸彈和肩托式導彈，後者出動戰機。餘下還有俄羅斯人，KGB 特工會使用哪種武器？

不管他們有什麼狠招辣招，我阿 Wing 兵來將擋，水來土掩，決不畏懼！

回到房間，瑪莉卡已經醒來，她坐在牀緣，似笑非似的瞧着我。

「你笑什麼？餓壞了？」我把食物放在桌上，「過來吃東西吧。」

「阿 Wing……」她瞄一眼茶几，再瞄一眼浴室。

我循着她的線視，看見擱在茶几上的一根勃朗寧 M1900 手槍。

「不是吧？」我哭笑不得。

「正是。」瑪莉卡托着下巴，解釋道：「他摸進來，說要從人販子手中救我逃出生天。我向他解釋，你不是人販子、我不是被拐婦女。他固執不信，他不信，我只好……」

「你殺了他？」

「我打昏他，把他綁在浴室裏。」

「我的天啊！」怎麼無端殺出一個程咬金？我頭痛死了。

我轉身走進浴室，一看，果然是那個不服氣的閒漢。他側臥浴缸之內，雙手反縛，嘴巴裏塞着毛巾。我慨歎一聲，扭開水龍頭，花灑嘩啦的噴出水花，把他弄醒。

「唔……」他動彈不得，有口難言，睜眼惶恐地瞧着我。

我正色道：「我抽出你口裏的毛巾，你不要大叫；否則，我就割斷你的喉嚨。明白嗎？」

他連連點頭。

我俯身自他口中抽出毛巾，問：「你叫什麼名字？」

他的臉色發青，回答說：「阿桑汗。」

「阿桑汗」是巴基斯坦男子常稱的名字，正如香港的「陳大文」一般。阿桑汗雖是滿臉鬍子，但年紀約在二十左右，從他幼嫩的反應和慌張的神色可知，他明顯只是個初出茅廬的小混混吧。

我不想殺他，故要嚇他一嚇，道：「陳大文，不，阿桑汗，你可知道我們是什麼人？」

阿桑汗搖頭。

「老實告訴你，我們是傳說中的雌雄大盜，來無蹤，去無影，專吃『大茶飯』，由俄羅斯至中國，由中國至巴基斯坦，黑白兩道俱聞風喪膽。你有眼不識泰山，發現我們的行蹤。這真是天堂有路你不走，地獄無門你闖進來。這趟，你死定了！」

阿桑汗急急呼叫：「真主在上，我發誓，我會守口如瓶。」

「只有死人才懂得守口如瓶，殺了他才算乾手淨腳。」瑪莉卡倚在浴室門邊，右手拿着蘸了咖喱汁的酥油餅，一邊小口小口的咬着，一邊輕描淡寫地說。

「噢！不！」阿桑汗聲淚俱下，「我求求你們，我家中上有白髮蒼蒼的父母，下有年幼多病的弟妹，請你們高抬貴手，當作做件好事，放我一馬吧！而且，方才，我一心只為救她，沒想過別的。」

「我從來不做好事，小子，都怪你自己多管閒事吧。」我板起臉孔，忍着不笑。

「兩位，你們給我留一條活路，我願效犬馬之勞。」

我揚起眉毛，問：「你有啥用？」

「我在開伯爾山區長大，熟悉白沙瓦的大街小巷。你們在此地活動，我可充當嚮導。」

「呲——」又有電話短訊。

我退出浴室查看短訊，又是露絲傳來的：「保密線路遭入侵。入侵者已查出你的位置，棄掉電話，速逃。」

我頓時心裏一沉。敵人果真厲害，說不定這裏幾分鐘後將有導彈破窗而入，此時不溜，還待何時？我快步趕回浴室，解開阿桑汗道：「我就給你一次機會。」

「感謝你不殺之恩。」

「你聽着，我要找一個隱蔽的地方逗留至晚上，然後穿越開伯爾山口前往阿富汗。你辦得到嗎？」

阿桑汗堅定地點頭：「我是全白沙瓦最適合的人選，有我帶路，萬無一失。山上有許多聖戰組織的營地，又有山賊盤踞和地雷陣，你們既不方便走軍警把守的通道，也不好在山上亂跑，隨時喪命。你們別誤會，我的意思，不是說你們沒用，而是猛虎不及地頭蟲……」

「夠了。」我扯着阿桑汗離開浴缸，推他出門，把一疊美鈔交在他手上，「我不會白使你的，過境後，我再給你另一半酬勞。」

阿桑汗看一眼手中的美鈔，一臉喜出望外。

瑪莉卡相當機警，自我的手提電話收到短訊開始，她鑑貌辨色，知道處境不妙，早已披上長袍、戴上頭巾、包好幾塊酥油餅，預備隨時動身。

2

我押着阿桑汗出門，瑪莉卡緊貼在我們身後。三人走到旅館門外，恰巧一輛運載水果的貨車經過，我把手提電話塞進車斗裏的一筐香蕉之內。

車子駛遠，我問阿桑汗：「可知那輛貨車開往哪裏？」

「伊斯蘭堡。」

將追蹤者引回伊斯蘭堡，妙啊！當我們正打算橫過馬路取回小貨車之際，一輛警車駛至，停在小貨車旁邊。兩名警察下車，一人駐足小貨車前面，檢查行車證和車牌；另一人查問路旁的店舖主人。看來，小貨車的主人已向警方報失。我搭着阿桑汗肩頭，扳他轉身，背向小貨車前行。

我問道：「目的地遠不遠？」

「挺遠哩！要乘車。」

「這輛可以嗎？」我指向眼前剛停站的公共汽車。

阿桑汗點頭，我領着他和瑪莉卡匆匆登車。

車廂劃分男、女乘客區，由一張鐵絲網分隔。瑪莉卡自然坐在前頭的女乘客區。至於車尾的男乘客區，三個字足以形容：擠、吵、臭。除了擠滿臭男人外，還有大包小包的雜物，更有一籠母雞在我身旁喔喔地叫。

售票員站在車門旁邊，半個身子懸於車外，他左手抓緊門柄，右手收下車資，便朝車頭高喊「開車」。司機按響喇叭，把公共汽車插進窄狹的路面，與其他公共汽車、私家車、貨車、三輪摩托車、自行車，以及牛、馬、騾拉的木頭車，互相爭奪狹小的道路空間，寸土不讓。我從車窗往外看，幾乎分不出左右行車線的駕駛方向和範圍。

一路上，司機和路人都不大遵守交通燈號，大家的心態都是有路便走，有空位便鑽。後來，我發覺若有警察指揮交通，情況大大改善。那些警察的指揮方法直截了當，他們口裏咬着哨子，手執棍子。誰不聽話，他就先來一下嘹亮的哨聲，以示警告；再不聽話，就動棍子一揮，於是各人無不乖乖遵守交通規則，尤其那些摩托車司機，不敢超車亂插。

公共汽車駛駛停停的，大半個小時後，我們在一處貧民區下車。

阿桑汗在前頭引路，帶我和瑪莉卡走進八陣圖似的貧民窟。那裏盡是簡陋的單層平房，偶有幾間兩層高的，但絕少超過三層。平房之間的通道幽暗曲折，我們跟在阿桑汗身後，左兜右轉，拐了十來個彎，早已搞不清何處是來路、何處是去路。阿桑汗說得對，猛虎不及地頭蟲，外人欲在這裏追蹤我們，談何容易？

*　　*　　*

阿桑汗說，這兒的居民以巴丹族人為主，巴丹族人團結、合羣、好客，我們留在他家中，保證穩妥。

踏進阿桑汗的家門，他的家人剛完成祈禱儀式。阿桑汗含糊地介紹，我們是他的朋友。阿桑汗的媽媽、姊姊、妹妹便為我們煮茶去，阿桑汗和他的爸爸招呼我們席地而坐，阿桑汗的爸爸裹着典型的巴丹族白頭巾，神情嚴肅。阿桑汗的小弟躲在父親背後，正探頭偷看我們。

「小朋友，你叫什麼名字？今年幾歲？」我逗他說話。

「我叫阿里，今年八歲。」

「阿里長得很英俊。」沉默寡言的瑪莉卡除下了頭巾竟主動開腔，語氣出奇地溫柔。

「這小子蠻聰明哩！」阿桑汗摸着小弟的頭，「他在學校的成績常常名列前茅。」

說着，阿桑汗的姊姊捧出幾碗奶茶，在我們腳前一一擺上。穆斯林禁戒飲酒，常以茶奉客。阿桑汗的爸爸捧起茶碗，瞧着我和瑪莉卡點頭，示意先飲為敬。

我淺嚐一口，唔，香濃可口，水的溫度，以及茶葉、奶、糖的分量，均恰到好處，我讚道：「好茶！伯母的茶藝一流。」

阿桑汗姊姊低頭不語。

「這是我們巴丹族人的優良傳統。」阿桑汗掏出幾張鈔票，囑咐姊姊往市場買食物，回頭向我道：「家母煮的咖喱更美味，她們這就去預備，待會你要多吃。」

「客氣，客氣。」又是咖喱，我有點反胃，如果現在來一碗餐蛋公仔麪，那就最好不過了！

「叔叔、阿姨，」阿里從父親背後走出來，「你們有興趣玩測試智力的遊戲嗎？」

IQ 題？我心裏說。「好哇。」我爽快地答應，反正坐着無聊，玩玩本地 IQ 題，樂一樂，倒是個好主意。

阿里認真地說：「聽着啦！第一題，紫織布鳥（purple finch）是什麼顏色的？」

答案那麼明顯，如何考 IQ ？我隨口回答：「紫色。」

阿里搖頭喊道：「錯！」

「錯？」我投以懷疑的目光。

瑪莉卡淺淺一笑，在旁說道：「是深紅色。」

我第一次見她笑。

「答對。」阿里滿意地點頭，「第二題，駱駝毛刷（camel's hair brush）是用什麼毛造的？」

「駱駝毛。」這次沒可能答錯。

「錯！」

我張大眼睛反問：「又錯？」

瑪莉卡摸摸阿里的頭，說：「松鼠毛。」

「阿姨棒呀！叔叔可要加油哩！第三題，巴拿馬草帽（Panama hat）是哪個國家製造的？」

「巴拿馬……」雖然我的信心開始動搖，但明明叫巴拿馬草帽，怎會不是巴拿馬的產品？阿里用一雙烏溜溜的大眼睛，帶點期待的轉看瑪莉卡。

瑪莉卡微笑道：「厄瓜多爾。」

「正確。」

連錯三題，我心有不甘的說：「再給我一題。」

「好，第四題，俄國人在哪個月份慶祝十月革命？」

我看着瑪莉卡，問：「是不是十月？」

「不是。」瑪莉卡端起茶碗，呷一口奶茶，悠然地說：「十一月才對。阿 Wing，你的智力……」

「這些問題分明是預設的言語陷阱，跟智力測試是兩碼子的事。」在小孩面前，我更不服輸。

阿桑汗生怕我動怒，趕忙使開阿里，道：「大人談話，小孩子不要多事，快去幫媽媽和姊姊煮飯。」

「是。」阿里從地毯上爬起來。

「阿里。」瑪莉卡卻叫住他，「你可以過來一下，讓我……看看你？」

「當然可以。」阿桑汗從後推阿里過去。

阿里乖乖走到瑪莉卡跟前，瑪莉卡撫着他的臉，柔聲道：「我兒子長得比你高一些，可他八歲那年死了。」

「怎死？」阿里問。

瑪莉卡落寞地說：「是炸彈。」

「什麼人幹的？」阿里順理成章地問下去。這個問題出自戰亂地區孩子的口，我不覺奇怪。

「俄國人。」

阿里定睛看着瑪莉卡臉上的疤痕，問：「你當時在場？」

「我和孩子的爸爸都在場。我們當時在格羅兹尼的家裏吃晚飯，遇上俄國戰機空襲……」

「吃東西了！哈哈，有美味的咖喱吃。」阿桑汗拍一下阿里的屁股，「小子，快洗手去。」

阿桑汗的媽媽和姊姊端出一盤盤食物，毫無驚喜的盡是咖喱。

阿里快快跑開了，剛才傷感的氣氛隨之散去，我給瑪莉卡遞上一張手巾紙。

瑪莉卡回過神來，說：「不用了，謝謝。我的眼淚早已流乾。」

我尷尬地用那張手巾紙抹手。

阿桑汗姊姊放下食物，把他扯到一旁，低聲問：「你今晚要外出麼？」

阿桑汗點頭示意，姊姊追問：「去哪？」

「你少囉唆。」

「我擔心你啊！剛才買食物，我聽見菜市場的人說，不久前有一輛運水果的貨車在東面遇襲。」

殺手來得比預期快。

阿桑汗登時一怔，偷偷斜眼看我；我低頭，若無其事地吃下難吃的咖喱，不跟他有眼神接觸。

瑪莉卡不動聲色，默默進食。

「男人的事，不用你管。返回廚房去，別阻礙我招待朋友。」阿桑汗將姊姊打發回廚房。

這時，阿桑汗大概懷疑我們不是一般的賊匪。他在腦子裏盤算什麼鬼主意，我控制不來；然而，他若搞任何小動作出賣我們，他一定後悔。

3

下午四時許，阿桑汗帶我們離開貧民窟，登上了一輛運送茶葉、煙草、電器、布匹等物的貨車。貨車是中國製的黑豹 SM1010W，司機是阿桑汗的表哥。

阿桑汗計劃乘搭他表哥的「順風車」，前往開伯爾山區某處，待日落之後徒步越過邊境。

阿桑汗和表哥坐在駕駛室前端，我和瑪莉卡蜷縮在車廂後座的雙座椅上，拉上窗簾，光從外面看，路人不易察覺車內坐着四人。

阿桑汗說，他的表哥經常穿梭往來白沙瓦和阿富汗的喀布爾，專替人家運貨，並且自己走些私貨，非常熟悉邊境情況，我們坐他的車，一定路路暢通。

我把幾張美鈔放在儀表板上，拍拍阿桑汗表哥的肩頭，以示感謝。他咧嘴而笑，口裏不住稱舉手之勞，無需酬勞，但不到三秒鐘，他已把鈔票收進儀表板下的儲物格內。

貨車穿過白沙瓦街頭不久，陣陣槍聲自左方響起。

我和瑪莉卡登時緊張起來。阿桑汗着我們不用緊張，說明那不過是人們在附近的走私市場試槍，滿意才交易。

光天化日買賣走私槍械，還公然試射，此處真是無法無天，再過去，不知是個怎樣光景的罪惡世界？

再走十分鐘，開伯爾山口在望。山口由開伯爾山兩條河谷組成，西北至東南走向，全長53公里；車路闢於峽谷之間，盤山而建，蜿蜒而走，是白沙瓦往喀布爾的必經之路。我撥開窗簾，打量車路兩旁的地貌，全是寸草不生的禿山，層層疊嶂，山勢險峻。

貨車駛進山口，沿途哨站漸多，幸而大都檢查鬆散。每個哨站只有兩三名軍人坐在草棚下值勤，認得阿桑汗表哥的，彼此揚手打個招呼，便讓貨車通過；不認得的，循例示意我們停車，大略掃視駕駛室和車斗，同樣放行。

阿桑汗表哥說，巴基斯坦邊防軍的策略是出寬入緊，我們過境不成問題；至於過境後的阿富汗那邊，狀況就複雜多了。

這情況，我當然了解。

自從阿富汗的塔利班政權倒台後，塔利班的殘餘勢力和他們支持的阿蓋達組織，悉數藏匿在與巴基斯坦接壤的山區。傳聞，拉登也躲在那裏。阿富汗的旅遊機構近年更大事推廣「恐怖旅遊」，以尋找拉登作賣點，帶領遊客參觀所謂拉登曾經藏身的山洞，吸引了許多不知死活的歐美遊客，拿着相機捕捉拉登的蹤影。

故此，我們過境往喀布爾之前，須穿過恐怖分子盤踞的山嶺。而巴基斯坦軍方為防恐怖分子滲入，以及響應美國的全球反恐，在西北邊境部署了八萬名士兵，並加築隔離牆，對來自阿富汗的入境者，不管合法或非法，一律嚴加檢查。他們在邊境捕獲的塔利班和阿蓋達成員，每年不下千人。至於那些出境往阿富汗的人，相對而言，對國家安全的威脅不大。由於巴基斯坦軍方的資源有限，故此採取出境放鬆、入境收緊的策略。

山路顛簸，座椅的軟墊早已硬化，車子上下晃動，使得我的屁股隱隱作痛，幸好沒碰及腿上的傷口，沒令腿傷惡化。

山谷兩旁偶然出現一些傍山而立的高牆大宅，這些房子的外牆一概用黃泥漿塗得嚴嚴密密，門窗統統關上，屋頂築有炮樓，牆上開了槍眼，刁斗深嚴。這也難怪，路上不論軍民，幾乎人人背着步槍，身上掛着一排排子彈，住在這裏猶如與虎豹為鄰。換上是我，何止這樣，我會在門前泊一輛坦克，在屋頂豎一根 M2 重機槍，看誰敢越雷池半步？

*　　　*　　　*

我們在一處稱為托爾卡姆的高地下車。時近黃昏，阿桑汗的表哥向我們道別後，便望下坡駛去。過了下坡，便是阿富汗國境，他要趕在入黑前過境，我們則要在入黑以後。

阿桑汗領我和瑪莉卡遠離車路，翻過山坡，走進一所空置的土屋。屋子又髒又臭，阿桑汗道：「這屋是走私客從前用作收藏貨物的，被軍隊搗破幾次後，走私客另覓新的地點。」

「這裏安全嗎？」我捂着口鼻問。

「在開伯爾山口，沒有一處地方安全。」阿桑汗幽我一默。

開伯爾山區幾乎沒有一根草，與其在外面沒地方可躲，倒不如留在屋裏。我撥乾淨屋角，倚牆坐下。

我腿上的繃帶在阿桑汗家裏換過新的，但剛才上車下車弄鬆了，我遂把繃帶解開，打算縛緊一些。

瑪莉卡主動過來幫助包紮。

「瑪莉卡？」

「嗯。」

「你為什麼可以答對那麼多 IQ 題？」

「兒子和丈夫生前……常玩 IQ 問答題，我在旁邊……聽多了，便懂得一些。」

自離開阿桑汗家，瑪莉卡一路愁眉不展，看來，聰明伶俐的阿里觸及了她的喪親之痛。我本想安慰她幾句，細想一下，還是把要說的話吞回肚裏。一來，說真的，我粗人一個，不懂安慰別人，只怕言多必失，弄巧成拙；二來，她有份參與的恐怖襲擊，不是同樣造成許多許多喪子、喪夫之痛嗎？

「有人來了。」靠在門邊把風的阿桑汗慌張地跑來，「三個吉爾吉特人！他們都有武器。我們先躲起來。」

「躲往哪裏？」我看左看右，土屋裏只有四面空牆。

阿桑汗蹲下，拉起地板，露出一個更髒更臭的地窖，說：「這裏。快！」

瑪莉卡首先跳下。

「我們為什麼要躲？我們沒武器嗎？」我揑着鼻子，極不情願地跟在瑪莉卡後面。

「我認得他們其中一個，他是獎金獵人。三人此時現身此地，可能為要追捕你們。」阿桑汗也跳下地窖，隨即掩上地板。

地窖才關好，就聽見大門「呀」的打開，三人走進屋裏，「咯——勒——」的把槍擱在地板上。

「老大，我們會不會遲來一步？也許特工和車臣女人早已越境去了。」

「不會的。他們靠巴丹人引路。巴丹人都像老鼠，只懂摸黑活動，天不黑，他們不敢出來，哈哈……」

「哈哈……如此說來，他們這時正躲在托爾卡姆某處，等到日落之後，才動身過境。」

「對，我們在此稍歇一陣，待會攀上山峽頂部，架起步槍，一見他們出現，就開槍射殺。」

「你們可別忘記，死的不及活的值錢。」

「俄羅斯人只要活的，美國人死活都要。我們把屍首交給美國人，賺到的美金，數目倒也不少。我們三人均分，相信也足夠三五年不用工作。」

「你們以後都不用工作啦！」我推開地窖蓋子，一躍而上，左足着地，雙手各打出一顆在地窖裏拾到的石子。

兩名吉爾吉特人眉心中石，慘叫一聲，軟倒地上。餘下一人俯身去拾他的 AK-47 步槍。我一個跨步，踏着槍桿，反手一掌，摑他一記耳光，把他打得金星直冒。

我翻身揪住他的衣領，罵道：「可惡！你這龜蛋，竟敢把我當作野鹿般獵殺，拿去換錢！」

「好漢，求求你高抬貴手，我家中上有白髮蒼蒼的父母，下有……」

「啪——」我一拳擊在他的額角，把他打昏，再罵一句：「我呸！廢話。」

不過，那句廢話挺熟喔。

瑪莉卡和阿桑汗也從地窖爬上來。我和瑪莉卡一左一右的貼着門邊，查看外面還有沒有敵人。

「勒——卡——喀——」

有人在我身後抓起步槍，且將子彈上膛。

我們回頭瞧瞧，阿桑汗擎槍指着我和瑪莉卡，他的臉色陰晴不定。

我喝問阿桑汗：「你幹什麼？」

「對不起，我需要錢。我自知沒本事活捉你們，只好用槍轟掉你們，把屍體交給美國人換錢。」

「我沒給你錢嗎？」

「要賺你的錢，還得冒險偷過邊境。現在我一開火就可收錢，划算得很。」

「你一定後悔。」

「我後悔什麼？」

「就是這樣！」瑪莉卡從袍底抽出一柄短彎刀，突然和身撲上。

阿桑汗嚇得急扣扳機，卻沒射出子彈。他還未搞清楚步槍出了什麼問題，瑪莉卡的彎刀已架在他的頸上。

瑪莉卡冷冷地說：「跪下。」

「請別殺我……」阿桑汗臉色慘白，雙膝跪地，棄掉步槍。

「你第一次用AK-47吧？哪個是保險掣也不曉得！」瑪莉卡手上加壓，刀鋒陷入阿桑汗的皮膚，鮮血沿刀身滴下。

「請別殺我，我上有白髮……」

「你好好給我聽着。」瑪莉卡在他耳邊說：「我今天不殺你，全是因為阿里。你日後要好好照顧他，記得嗎？」

阿桑汗顫抖着說：「記得。」

瑪莉卡緩緩挪開彎刀。

阿桑汗臉青唇白，還不敢肯定是否死裏逃生。

瑪莉卡倒轉刀柄，「噗」的一聲將他擊暈。

心狠手辣的「黑寡婦」竟然大發慈悲，真不可思議！

「我最憎厭別人用槍指向我。」瑪莉卡在手中輕拋一下彎刀，接着用拇指和食指夾着刀尖，使勁向下擲去——

「卜——」

彎刀抵住阿桑汗頭部，牢牢釘在木地板上，刀身仍在左右顫動，發出一陣「篤篤⋯⋯篤篤⋯⋯」

III 轟天地穴

阿富汗山區槍林彈雨；
無端混入恐怖頭子的巢穴……

1

前蘇聯異見分子、諾貝爾文學獎得主索忍尼辛，曾遭政府關進勞改營受苦。他流亡海外之後，將營裏的所見所感，寫成三大冊史詩式巨著《古格拉羣島》。在書中，他這樣描述勞改營裏的車臣人：「有一個民族從不妥協，從來不曾養成屈意順從的心態習性；不只是個別的叛亂分子，而是整個民族都如此。他們就是車臣人。」

車臣是高加索地區最古老的民族，歷史可追溯至公元七世紀。車臣人是一羣性格異常堅忍、特立獨行、永不言敗的山中戰士。1722 年，俄國沙皇彼得大帝的騎兵首度侵略車臣，及後，彼得大帝和他的繼承人整整耗了六十年，才把車臣的 15,000 平方公里土地吞併入版圖之內。

從此，渴求獨立的車臣人與沙俄、前蘇聯、俄羅斯的統治者，重重複複的上演一幕幕由血與淚交織而成的悲劇，至今仍未落幕。

1991 年底，前蘇聯解體前夕，車臣首領杜達耶夫將軍發動軍事政變，推翻車臣地區的蘇維埃政府，宣布成立車臣共和國。談判桌上的斡旋無效，為了維護俄羅斯聯邦二十一個自治共和國的完整，俄羅斯總統葉利欽下令出兵車臣。1994 年俄軍坦克由戰機開路，分三路攻入車臣首府格羅兹尼。隨着杜達耶夫戰死，葉利欽滿以為車臣的分離主義運動自然土崩瓦解；怎料，俄軍竟又陷入漫長而慘烈的街頭巷戰之中。不過，即使他們把整個格羅茲尼夷平，殺死數以萬計的車臣人，車臣人依然頑強反抗，更於 1996 年從俄軍手中奪回格羅茲尼。俄軍苦戰二十個月，在國內外一片反戰聲中，遂與車臣人協議停火，簽訂了「塔薩維尤爾特協定」。俄軍在 1997 年 1 月撤出車臣。

然而，車臣人從沒放棄獨立之路。同年五月，車臣跟俄羅斯簽署「和平與相互關係原則條約」，仍堅持車臣是獨立國家。雖然車臣勉強可稱為戰爭的勝方，但國內輸掉了法治和經濟發展。往後三年，車臣在缺乏有效的法律與經濟基礎建設下，奄奄一息，淪為走私客和綁匪的天堂。更甚的是，時局動盪給予伊斯蘭極端分子滲透的機會，最終導致車臣第二次捲入戰爭。

1999 年夏天，車臣人聯同外來的伊斯蘭武裝分子襲擊吉爾吉斯坦。雖然事件歷時甚短，但給予新上任的俄羅斯總統普京再度出兵車臣的藉口。當年，俄軍最高統帥下達一個趕盡殺絕的指令：「如果車臣人從房子裏向我們開槍，我們就摧毀房子；如果車臣人在村裏向我們開槍，我們就摧毀全村。」沒多久，格羅兹尼再一次遭俄軍夷平。

據統計，在 1989 年，即車臣第一次戰爭之前，車臣有人口一百一十萬；到了 2002 年，人口數目下降至七十八萬。那三十多萬人去了哪裏？是死了，還是早已逃離家園？

無情的戰火不知毀了多少人命、毀了多少家園，在我眼前，瑪莉卡便是一個活生生的鐵證。

瑪莉卡以出奇平靜的口吻訴說如何看着兒子在她懷裏斷氣的情景，像在轉述張三李四的故事：「他的一雙小眼睛，半開半瞌的看着我，那本來是一雙靈巧晶瑩的眼睛，在幾秒鐘內變得了無神采。他的傷口流血不止，鮮血沾濕了我的衣裳。看着他的嘴唇發白，我含着滿眶淚水，安慰他說，孩子不用害怕，很快便有人來救我們。他說，媽媽不用傷心，一點也不痛。其實他很痛，我是知道的。我的心也痛，痛得似要裂開。當時，我的腿和腰被塌下的房頂壓傷，沒能力抱他到外面求救。而俄羅斯戰機仍像蛋糕上的蒼蠅般，在上空來回盤旋，格羅玆尼人人自危，沒人敢跑出來在瓦礫間幫助絕望的母子。當時，我的心情極矛盾，我想孩子能活下去；另一方面，我明白他受傷太重，沒救了，我不忍看他活着受苦……存着這個念頭，我內疚、自責，覺得自己是個魔鬼。後來……他不再呻吟，不再抽搐，連呼吸也沒有了，像熟睡了一樣。」

「你丈夫呢？」

「他被壓在房子的另一邊，昏迷了，暫時保住性命。」

「暫時？」我不明所以。

「兩個月後，當時我們仍在他媽媽家中寄住。某個深夜，兩點鐘，四名蒙面槍手闖進來，把他擄走了。半年後，有一個親戚告訴我，我的丈夫心臟病死了，在俄軍的臨時監獄裏。」

接連失去摯親，瑪莉卡痛不欲生，曾想自殺，但另一個親戚勸她，反正都是死，倒不如死得轟轟烈烈，為丈夫，為兒子，為國家民族復仇。就是這句話，令瑪莉卡踏出第一步由「受害者」變成「害人者」。

在俄軍炮火下的十年內，格羅茲尼兩度淪為廢墟，成年男人被殺、被擄，剩下無數孤兒寡婦，他們一無所有，除了要面對戰亂和俄國人的暴虐之外，全無別的出路。於是，復仇成為車臣新一代的主流思想。國外伊斯蘭好戰分子乘虛而入，收編了大批滿腔仇恨的車臣新血，教導他們如何血債血償。其中，黑寡婦的自殺式襲擊，最令俄羅斯的反恐專家震驚和頭痛。

「什麼因素導致你脫離恐怖組織？」

「有一回，我在睡夢中回到從前。與丈夫和兒子笑談間，他們囑咐我要好好生活，為他們活下去……次日早上醒來，腦海裏突然浮現一個念頭——我可不能殺死自己！那次，我真的睡醒了。」

道理誰都可以掛在口邊，至於懂與不懂、行與不行，卻是另一回事。我慨歎一聲，抬頭仰望圓月，良久，在風中低吟：

溪水連天霜草平，

野駝尋水磧中鳴。

隴頭風急雁不下，

沙場苦戰多流星。

可憐萬國關山道，

年年戰骨多秋草。

瑪莉卡說：「你唸的這幾句話，聽來的感覺很是淒涼。」

「這些詩句出自中國一首古老的反戰詩〈關山月〉，這首詩的作者叫張籍。」

「戰爭，沒完沒了。如何反戰？」瑪莉卡淒然一笑，「有人就有戰爭，除非人類統統死清光，世界才有真正的安寧……」

「殊——」我作出一個噤聲的手勢，壓低嗓門道：「山谷下面有人。」

這時候，我們差不多走到山峽的頂部，打算順着山勢，越過峽頂的台地，覓路攀下峽谷。詎料，夜半的山谷下竟傳來人聲，還不止三兩個人，而是一大羣。

雖然不知他們是何方神聖，但此時此地，恐怕是敵的多，友的少。

我和瑪莉卡互瞧一眼，矮着身子，凝神走到崖邊。山峽下面人聲鼎沸，我們伏在岩塊背後，探頭向下俯視。

谷地之中，黑壓壓的坐滿包裹着頭巾的大鬍子；山路兩旁更停泊了幾十輛吉普車、輕型卡車、四驅車。這些大鬍子東一簇、西一簇的，燒起一堆堆篝火，正在烤牛、烤羊，好不熱鬧。

我取出兩個單筒夜視望遠鏡，遞了一個給瑪莉卡，一同察看是誰在山谷裏舉行「燒烤大食會」。

一看之下，他們全是武裝分子，地上、車上擺放着大量軍火，輕型的、重型的均有，我不禁倒抽一口涼氣。

瑪莉卡用手肘輕輕碰我，低聲道：「我看見阿蓋達的首領拉登。」

「拉……登……在哪……裏？」我緊張得口吃。給我遇上「九一一」的頭號恐怖分子，不得了啊！不得了啊！

「他坐在正中央那堆篝火旁邊，身穿白色長袍，頭戴白色頭巾，啃着一塊羊腿，吃得津津有味。」

我把望遠鏡對準山谷中央，拉近鏡頭，將焦距調校清晰。噢！果然是拉登。噢！不單止拉登，還有塔利班的首領奧馬爾。

我一直以為「尋找拉登」是旅行社的招徠伎倆，原來拉登真的躲在阿富汗山區。

兩大恐怖組織的巨頭相約在此 BBQ，給我碰見，非同小可哩！我摸着槍柄，恨不得馬上拔槍，為千千萬萬死於恐怖襲擊的人報仇。然而，細想一下，射程太遠，手槍子彈未必能達。而且，他們整支軍隊在下面，我一開火便暴露位置，只怕殺他們不成，反遭他們殺掉。

沒帶滅聲狙擊槍，真可惜！我心裏大呼不值，但機會難逢，我總得做些什麼。

瑪莉卡悄聲說：「我聽過一個傳聞，不知是真是假。拉登曾說，中國是全球最難進行恐怖襲擊的國家。」

「是不是因為中國日漸強大，拉登不敢在老虎頭上動土？」我低頭察看四周，找尋有用的東西。

「不是這個原因。據說，拉登曾四次策劃襲擊中國，最後都不成功。」

「是嗎？我沒聽過……」四周除了石頭外，什麼也沒有。

「第一次，炸北京的公共汽車，但放炸彈的人沒法擠上車；第二次，炸上海的超級市場，炸彈放好了，行事的人放在褲袋裏的遙控器卻被扒手偷去；第三次，炸廣州的火車站，攜炸彈的人才踏出火車站，炸彈包和遙控器一併被飛車黨搶走；最後一次，炸山西的煤礦場，明明發生了爆炸，一直不見報道，炸了等於沒炸……」

對，石頭！

「阿 Wing，你撿石子作什麼？」瑪莉卡問。

「我用石子對付他們。我的手勁加上石塊的下墜力，該可打穿他們的腦袋；就算擲不中，亦不會暴露我們的位置。我覺得一試無妨。」我選了兩顆堅硬的圓石，扣在左右手的指間，緩緩站起，紮牢「不丁不八馬」，氣聚丹田，全神貫注的預備施展「彈指神通」，先射拉登，後射奧馬爾。一人給他一石，砸穿他們的腦袋，不死也將變癡呆。

我瞄準目標，心想，拉登，受死吧！

「上面有敵人！」山谷裏忽地有人高聲喊叫。

「你被人發現了，快伏下。」瑪莉卡忙拉我的褲管，幾乎把我的褲子扯脫。

「我？」我馬上轉回山岩後，伏下，「他們如何瞧得見我？」

「我不知道，只曉得他們要動手了。」

看時，三輛裝配了 RBS-70「火流星」導彈的輕型卡車迅速開到山谷中央，一字排開。履帶式底盤「軋軋」旋動，三枚本來平放的導彈，向上 75°升起，彈頭全都對準山峽頂部，也即是對準我們。

瑪莉卡埋怨道：「他們要用導彈射我們，我們死定了，都是你不好。」

三枚導彈，我們避得過第一枚，也避不過第二枚；避得過第二枚，也避不過第三枚。這回可真是插翼難逃了！唉！都是我不好，連累了瑪莉卡。

「嗯，不對。要對付我們，實在無須啟動防空雷達。」我指着另一輛剛駛近「火流星」的卡車，車頂的鑊形雷達天線正在轉動。

「倘若不是我們，他們的目標是……」

「嘶——」

左邊的「火流星」首先發射。導彈筆直的衝上山峽。我們急急低頭。導彈在我們頭頂呼嘯掠過，噴射火焰把附近的空氣和岩塊炙得熱烘烘的。導彈的目標果然不是我們。導彈飛過，我轉身遙望天空，它在半空左轉60°，插入雲層，繼續追蹤鎖定的目標。遠看，它確像一顆拖曳着長尾巴的流星在天際疾飛，所不同的是，流星不會向上飛，也不會中途轉彎。

「寵——」

雲層之間，白光閃動，不知「火流星」擊中什麼飛機？山谷下即傳來喝采聲。

未幾，一架折翼飛機從天上打轉掉落，我認得那是美國的「全球鷹」無人駕駛偵察機。

導彈一擊即中，山谷下的恐怖分子歡呼雷動，更有人向天開槍慶祝。山谷上下，一時槍聲卜卜。

「隆——」

「全球鷹」撞向山峽的另一邊，爆炸的巨響山鳴谷應，火光映得天邊一片紅彤彤。美軍通常在無人駕駛偵察機上配備一枚「地獄火」之類的導彈，以便發現如拉登一樣的VIP，可即時攻擊。爆炸如此猛烈，相信是「地獄火」所致。

山谷內的恐怖分子無不雀躍，人人亂跑亂嚷。好哇！機會來了，反正他們在開槍慶祝，我大可以乘亂放冷槍，射殺拉登。一想及此，我馬上移步返回崖邊，低頭看時，噢，拉登不見了，奧馬爾也不見了。其餘的恐怖分子紛紛登車，車輛陸續開走。

2

「奇怪，他們怎麼逃得這樣匆忙？」瑪莉卡問。

「逃……」我恍然大悟。「全球鷹」裝配了光電、紅外線傳感系統和合成孔徑雷達，雷達攝錄的條幅式偵察照片可精確至 1 米，比間諜衛星的 7 米精確度還要纖細。所以，「全球鷹」被「火流星」擊落前，已將山峽和谷地的影像攝下，傳回美軍基地。換句話說，拉登和奧馬爾可能曝光，我和瑪莉卡也可能曝光。他們要逃，我們同樣要逃，不管「全球鷹」是為追蹤誰而來。總之，在美國戰機空羣而至之前，我們得盡快離開山峽。

「快逃！」我急道。

「逃往哪？」瑪莉卡一臉困惑。

山峽和谷地隨時成為美軍的空襲目標，「全球鷹」墜毀那邊亦不能往，可逃跑的路向，所剩無幾。

「這邊走。」我一拍瑪莉卡的肩頭，就往北面跑去。

跑了三十多步，已達崖邊。我戴起夜視鏡，四下大略看一遍地勢，崖壁陡峭，石骨嶙峋，下臨一個乾涸的河牀。

此時，一架 AH-64「阿帕奇」攻擊直升機飛抵「全球鷹」墜落的位置，在上空盤旋。美軍來得真快，我預計一分鐘內，將有更多戰機掩至。他們固然希望一石二鳥，既殺死拉登和奧馬爾，又可殺死瑪莉卡。哼！他們要殺恐怖分子，我不攔阻；至於瑪莉卡，有我阿 Wing 在，誰都休想動她一根汗毛。

我轉頭向瑪莉卡說：「來，從後抱緊我。」

瑪莉卡顯得猶豫不決：「你想……」

「不用怕，相信我。來吧！沒時間了。」

瑪莉卡一咬牙，說：「好，我相信你。」

瑪莉卡伏在我背上，雙手箍着我的肩膊。我回頭問她：「你試過玩笨豬跳嗎？」

「沒試過。」

「不必花錢去紐西蘭，現在就有機會。」說罷，我張開雙手，挺起胸膛，縱身躍下山崖。

「呀——」瑪莉卡把我箍得更緊。

我早已認清崖壁凸出的山岩所在，使出「梯雲縱」輕功，半空踢出左足，於山岩之上一踏，使身子斜飛上騰。由於背着瑪莉卡，加上右腿有傷，難以瀟灑，下降時，只好騰出雙掌，運起指勁，五指如勾的抓住岩壁。待身子稍為穩住，我旋即再向下躍。如是者，三次起落，我揹着瑪莉卡，飄然降下山崖，還差 20 米，便可踏足河牀。

此時，一列車隊轉入河牀，領頭的吉普車在我們腳下駛過。瑪莉卡說：「那是塔利班的車隊，他們正分頭逃走。」

我們都不敢亂動，生怕踢跌一顆石子，都會引起恐怖分子的注意，向上射我們幾槍。

「嘰……」一架「阿帕奇」倏地從峽頂衝出，急降而下，於河牀上空低飛追趕塔利班車隊。

這趟糟了！塔利班車隊看不見我們，「阿帕奇」居高臨下，一定能看見！所謂「急狗跳牆」，危急關頭，我看準最後一輛運載「火流星」的輕型卡車的來勢，雙足往崖壁一蹬，便與瑪莉卡彈離山崖，叫道：「我們着陸了！」

說時遲，這時快，卡車瞬間駛至，我在空中腳踢連橫，趕上卡車，一個翻身加轉體 180°，擁着瑪莉卡跳向卡車的車斗。

司機聞聲回望車斗，但見一男一女從天而降，站在「火流星」旁邊，尤其男的風采不凡──威風凜凜──玉樹臨風──乞嗤──風太大。司機登時呆住了，就是這一呆，給我足夠時間放下瑪莉卡，並抹乾鼻涕，撥好頭髮，拔出手槍，拉開駕駛室後門，用槍嘴抵住司機的後頸，閃進駕駛室，喝令：「繼續開車。」

「遵命……」

瑪莉卡驚魂甫定，喘着氣說：「直升機追來了！」

我仰頭看見「阿帕奇」已追至它的射程範圍。若非河牀曲折多彎，難以瞄準，相信它早已開火。不過，河牀總有盡頭，車隊一駛出河牀，進入較為寬敞的平地，「阿帕奇」便可隨意攻擊。

「喂！」我用槍嘴敲一下司機，「你駛出河牀，只會成為直升機的槍靶子，死路一條。」話未說完，河牀盡頭已經在望。

「我們早有預備。你害怕嗎？」司機胸有成竹地說：「我勸你還是識相一點，挪開你的手槍吧。」

我沒理睬他。

頃刻，車隊駛出河牀，果然如司機所言，外彎的岩石旁邊埋伏了幾個手持肩托「刺針」式導彈的塔利班成員。

銜尾疾追的「阿帕奇」即將飛出河牀，它昂起機頭，機身的 30 毫米口徑 M230 自動鏈式機關炮看似準備就緒。它一開火，我們身處的卡車勢必首當其衝。若塔利班成員先發制人，我們固然幸免於死，但眼巴巴看着「阿帕奇」被恐怖分子擊落，我又於心何忍？真是兩難啊！

我覺得兩難，恐怖分子卻不感到為難。當「阿帕奇」一飛出河牀、山岩，他們左右各射出一枚「刺針」導彈，「轟」的把「阿帕奇」炸成片片碎鐵，在夜空中彈飛。

我不禁黯然。

車隊沒停下來慶祝，塔利班成員繼續踏盡油門，在黑夜的曠野裏風馳電掣。

離「阿帕奇」墜落點大約 2,000 米，車隊突然減速。我伸長脖子好看個清楚，前路地面露出了一個大洞，居首的吉普車正慢慢沿斜道駛向地穴。我和瑪莉卡立即用布裹頭。

接着，我手指一點，點在司機的靈台穴，他立時氣悶昏倒，瑪莉卡幫忙把他從車尾推出車斗。我挪到駕駛座，掌起駕駛盤，開着卡車，尾隨車隊駛入地穴。地穴是個寬若兩個籃球場的地堡，內已停滿大小車輛，我的卡車是最後一輛。我剛停車，地穴入口隨即掩上。所有車輛一概熄掉引擎，四周漆黑一片，車上的人全都沉默不語，也沒人下車走動。

待了一會兒，地穴內仍然死寂，人們只能等候。既無事可做，我猜想暫時也沒危險，便摘下夜視鏡，休息片刻。

洞穴外的爆炸聲此起彼落，不知是美軍戰機命中地面目標，還是被擊落了。怪不得塔利班於 2001 年倒台後，多年來，美軍始終沒法肅清躲在阿富汗東北部山區的殘餘分子。原來狡兔三窟，塔利班在山區闢建地穴、地道、地堡，難怪阿漆一直找不到南韓人質的收藏地點。以這個地堡的的規模估計，類似的建築相信為數甚多。

塔利班是波斯語，意謂「學士」，指一班熟悉伊斯蘭經典的飽學之士。這些「飽學之士」在 1996 年上台，執政五年毫無建樹。他們不懂治國，卻懂掙錢和打仗。販毒和走私是他們的兩大財源，在塔利班執政期間，政府不搞基礎建設，不改善社會民生，卻全力把阿富汗經營為全球最大的鴉片生產國，鴉片的年產量達四五千噸，通過走私運銷歐美各地，賺回來的錢卻用來購買軍火和興建山區的地堡。大概他們自知無力治國，早晚都要下台，故此早早鋪設退路，而且還預留足夠地方接待阿蓋達等一眾「難友」。

「轟——隆——」

這次爆炸離地堡甚近，掉下不少碎石砂粒，「劈里啪啦」地打在車頂之上。

瑪莉卡蜷縮在座位與儀錶板之間，抱住我的大腿，不住哆嗦。我拿起夜視鏡，低頭一看，她已淚痕滿臉。

瑪莉卡喃喃自語：「是空襲嗎？屋頂會不會塌下……小朋友會不會死……我好驚……」

我輕輕拍着她的肩頭，安慰道：「有我在此，你不用怕，我會保護你。如果你想哭，便儘管哭吧，但別哭得太響。」

3

美軍戰機在外面胡亂攻擊接近一個小時，地堡卻分毫不損，那些美國傻兵簡直浪費彈藥。

炮火聲逐漸減少。

再過一小時，地堡前端的車輛之間，聽到有人走動。前面的車輛發動引擎，亮了車頭燈，看來要離開地堡。

我輕搖瑪莉卡的肩頭，低聲說道：「起牀啦。」剛才她伏在我的大腿哭了一頓，又睡了一陣。

瑪莉卡慢慢坐直身子，揉揉眼睛，靦腆地說：「不好意思。」

其他車輛相繼啟動引擎，我當然不甘後人。

後面的地穴入口緩緩打開，微弱的光線從門隙透進，隨着入口愈開愈寬，光線所達的範圍也愈來愈廣。

「你先退出去。」有人突然在後面拍打我的卡車車斗，嚷道：「動作要快，別阻礙大夥兒離去。」

糟！他可能發現那個被我點穴弄昏的卡車司機。

「奸細呀！有奸細呀！」果然，外頭那人一面大叫，一面拉開我的車門。

我順勢猛力推開車門，把他撞倒，喊道：「扶緊啦！」我迅速踩下離合器，轉後檔，踏油門，卡車「呼」的以高速退後，把半開的洞口撞毀，卡車全身退到地堡外面。

晨光熹微。

我們在黑漆漆的地堡裏待得太久，驟見日光，眼睛有點模糊。我瞇起雙眼，瞅着倒後鏡，繼續快速倒車。

數名大漢擎着 AK-47 步槍奔出地穴。

「砰——」

我和瑪莉卡趕緊伏下。

「啪……」

一輪子彈打中卡車，擋風玻璃粉碎，輪胎穿破，車頭蓋子和保險槓杆飛脫，玻璃碎灑下。我臨危不亂，抬手啟動附於儀表板上的 RBS-70 系統，調校車斗上的「火流星」導彈，把它的落點對準地穴入口。

履帶式底盤開始旋動。

槍聲停下，車聲遽起，他們顯然要驅車追殺我們。

「有兩輛裝上重型機槍的吉普車從地穴裏駛出來。」瑪莉卡探頭偷看，「阿 Wing，快射導彈！」

「等一等。」我盯着顯示屏，「還差一點點。」

「砰……」槍聲再響。

「啪……」卡車被子彈射得冒煙。

「咇——」導彈鎖定地洞。

我按鍵，導彈射出。

「嘶——」

「隆——」

爆炸威力驚人，產生的震盪令卡車向上拋了一下，左右晃了兩下。我的雙耳登時嗡嗡鳴響。

一股濃煙自地穴那邊鋪蓋過來，煙塵混濁，我們慌忙掩着口鼻，幾乎難以呼吸。

待塵埃落定，我們步下卡車。空氣裏瀰漫着濃濃的硝煙。卡車已爛得不能再動，地穴完全給填平了，一輛吉普車四輪朝天，另一輛的車頭對着地穴。它本來已駛離地穴，但爆炸使它至少轉了 180°。兩輛吉普車上的人，全都拋到老遠，命喪當場。

「你還好嗎？」我問瑪莉卡。

她喘着氣回答：「咳咳……我沒……事。」

「你試試那輛吉普車，看它能否開動？」

瑪莉卡爬上司機座，嘗試發動引擎。

「噠……」吉普車像個癆病鬼一般，嗆咳了好一陣，機件才正常運作。

「我頭暈耳鳴，需要歇一歇。你負責開車吧。」我爬上吉普車的後座，一腳把那根只剩半截的機槍蹬落地面。

「我們繼續向西面走，往喀布爾，對嗎？」難得瑪莉卡已這般頭腦清醒。

「沒錯，且看這車能走多遠。」我躺在吉普車上，雙手交疊在腦後，架起腿。吉普車重重的咳了一聲，徐徐開行。

旭日升越羣山，陽光穿過厚雲，穿過硝煙，照耀大地。

我閉上眼睛，儘量不去想導彈、機槍、卡車、吉普車、直升機，心裏默默背誦馮志弘的詩〈戰爭與和平〉當中的一段：

愛是什麼？

愛是一種極微小的東西

躲在羊的耳朵背後

躲在比果中之核還要隱蔽的地方

愛是頑童貼在老師背上的那隻烏龜

當孩子嘻嘻哈哈的時候

聽見而不被看見

愛是孩子　而戰爭是不死的老人

愛是一隻腳踏實地的鴕鳥　而戰爭是一羣麻雀

愛是興之所至到山上看一次日出　而戰爭是每天睡眠

前的夜晚

愛是巢穴　而和平是飛鳥在心裏築巢

愛是衣服　而和平是秋涼之際在晾衣竹上的

明年的春衣

和平是愛　而愛是在大雨的時候

當農夫忙着收割

而農夫的兒子還在求雨（因為雨並不是永不止息的）

戰爭不是邪惡　殘忍　魔鬼

而是愛的缺席　和早夭的嬰兒

愛干擾死，愛是生。

Ⅳ 絕地救兵

戰雲密佈，空中暗藏最大角力，
國產「殲11B」也來支援！

1

荒涼的山路上，不時吹來夾雜幼沙微塵的山風，放眼四方，視野內盡是裸露的岩石，沒有植被，沒有房舍。我和瑪莉卡渾身塵土，大汗淋漓，蓬頭垢面，十足兩個山區流氓。

我們所駕的塔利班吉普車，在一小時前已沒法行走，我們惟有改用「11 號巴士」——安步當車。眼前不遠處，有一個小鎮模樣的聚落。按距離，此地已屬喀布爾外圍市郊。我們決定先到鎮上找個地方歇歇腳，喝杯水，吃點東西，再設法聯絡阿漆。

再走了一會，我們身後響起達達的馬蹄聲，車輪轔轔。我轉身，看見一輛馬車從上坡的支路轉出。山路狹窄，我和瑪莉卡只好退在一旁，讓馬車先行。駕車的是個老者，拉車的是匹老馬，車上放了大堆茅草，一個十一、二歲沒戴面紗的女孩坐在茅草之上。

女孩長有一雙碧綠色的眼睛，正好奇地打量我和瑪莉卡。她這雙碧綠色的眸子，使我想起 1985 年 6 月號的《國家地理雜誌》。那期雜誌的封面人物，是白沙瓦難民營裏的一個碧綠色眼睛的阿富汗紅衣少女。少女眼中流露了無可名狀的不安，反映出內心的鬱結與迷惘，令人望而心悸。

當年，那幀照片一面世便引起極大迴響，各地傳媒爭相轉載。然而，那女孩身世成謎，拍下那幀得獎照片的記者 Steve McCurry 驚鴻一瞥後，就再已找不到她。十七年後，Steve McCurry 聯同《國家地理雜誌》一羣工作人員重臨舊地，幾番努力，終於尋到昔日那個現已長大成人的女孩。她叫 Sharbat Gula。她從不知道自己曾是舉世矚目的「封面女郎」。當年她的父母被俄國戰機炸死，祖母帶着她和兄長翻過雪嶺，逃亡巴基斯坦。歲月催人，十七年困頓的日子令 Sharbat Gula 容顏顯得蒼老，但那不安的眼神依然。

我看着馬車上的綠眼女孩，憶及雜誌封面的綠眼少女，一個微小的願望在心底油然而生——願這女孩不會經歷如 Sharbat Gula 的悲慘舊路。

「叔叔、阿姨。」綠眼女孩主動向我們打招呼。

老者亦收緊繮繩，老馬停住腳步。

「你們要往前面的小鎮嗎？」老者問。

我和瑪莉卡不約而同地點頭，綠眼女孩說：「爺爺說，我們可送兩位一程，請上馬車。」

「噢，感激不盡。」

我和瑪莉卡攀上馬車，坐在綠眼女孩旁邊。

老者甩動繮繩，在馬背拍了一下，老馬合拍地開步，拉着馬車緩緩轉落下坡的支路。

我問：「咦，小鎮不是在那邊……」

「前面那段路埋了許多地雷，不能走。」綠眼女孩輕鬆平常地解釋，神態就像一個在香港沙田區讀書的女學生，對問路的人說明火車站旁邊有一所圖書館。

「哦，地雷。」我也不覺驚訝，因為自從蘇聯入侵至撤兵，阿富汗給埋下地雷之多是在全球國家前列，數目估計高達一千二百萬個，佔全球地雷總數的十分一。阿富汗平均每小時就有一個地雷爆炸，每年因誤觸地雷而失去肢體的平民，超過一萬人，而其中三分一是兒童。製造地雷的成本，大約每個五美元，但掃掉一個地雷需得花費一千美元，民窮財乏的阿富汗根本沒法承擔龐大的掃雷開支。戰事雖暫告一段落，但後遺症多的是，阿富汗的重建之路何其漫長啊！

馬車繞過地雷陣，拐回直路，經過一輛只剩一副鐵殼的蘇製坦克殘骸，三個男孩在坦克上跳來跳去，還有一個剛從駕駛倉裏爬出來。

「鎮上有電話嗎？」我問綠眼女孩。我的手提電話在白沙瓦棄掉，其餘的通訊儀器，相信已遭全天候監聽，一開機便等於自動泄露行蹤，得借用公共電話。

「我家有電話，可以借你使用。爺爺還說，請你們到我家吃件餅，喝羊奶。」

「謝謝。」

阿富汗人殷勤好客，確是事實，即使我們這種素不相識的人，他們也會熱情接待。但老者何時開门說話？是女孩自己的意思，還是他們爺孫倆心靈感應？可真有趣。

小鎮的房子十分原始，居民將泥和石堆疊成四堵牆，在牆上開一個長方形的洞作門，再在牆頂加一個用茅草編織的上蓋，這便是一個家了。

綠眼女孩的家裏，一如所料，缺乏任何城市人覺得舒適的家具，但我們得着熱情的款待，嚐到他們最好的煎餅和羊奶。我吃過餅，喝過奶，打了一通電話給阿漆，便離開綠眼女孩的家。臨別前，我託瑪莉卡把一些現鈔交給綠眼女孩。綠眼女孩起初堅拒不受，瑪莉卡在她耳邊說了幾句，她還是收下了。這種婆婆媽媽的小事，瑪莉卡辦得比我周到。

由於美、俄特工的竊聽技術非常先進，阿漆或許已成了監聽目標。我們剛才的通話，或許已傳到華盛頓、莫斯科的特工基地進行分析。為免連累小鎮居民，我與阿漆約定在鎮外等候。

阿漆接到我的電話，不感到意外，我們合作多年，他知道我定能化險為夷，也猜到我會越境找他。阿漆告訴我，南韓政府代表與塔利班的談判取得突破進展，塔利班答允日內釋放人質，阿漆這便可以抽身帶隊前來接應我和瑪莉卡。阿漆還說，聯合國祕書長、中國外長和歐盟外長今早聯署發信給美、俄兩國政府，就我和瑪莉卡遇襲之事，向兩國提出嚴厲抗議。美、俄例必否認一切。當然大家都心知肚明，超級大國老是說一套、做另一套。總之，在美、俄特工追蹤到來之前，阿漆會搶先一步接走我們。

* * *

我和瑪莉卡盤腿坐在石榴樹下。

鎮外路旁只有這幾株瘦弱的石榴樹，瑪莉卡除下面紗，陽光與石榴枝葉的影子在她臉上婆娑，她漫不經心地撥弄腳邊的石子。早前那幾個「坦克小子」，在對面的山坡上放風箏，綠眼女孩也加入他們。

風箏在雲層與山嶺之間乘風翱翔，或高或低，或近或遠、或左或右，孩子們的目光不離它的左右。或許他們把脫離山區、脫離貧困、脫離戰亂的夢想寄託在風箏之上，幻想有那樣的一天，可以在外面的世界自由自在地翱翔。

「瑪莉卡。」

她回身看着我，問：「什麼？」

「我有一個無聊透頂的問題，不知道該不該問……」

「直接問吧，無謂轉彎抹角。」

「我沒見過你向聖城祈禱，莫非你不信奉伊斯蘭教？」

她的眉頭一緊，片刻才說：「我自幼就信奉伊斯蘭教，但我兒子死去那夜，我擁着他就想到格羅兹尼無數死去的孩子。我不住的問，我所信奉的真主在哪裏？後來追問了好些人，包括教長，卻得不到令我信服的答案。」

「我記得『九一一』當日，我與姐夫一同坐在電視機前，重複看了多遍紐約世貿大樓倒塌的新聞片段，我也向姐夫提出類似的問題：上帝在哪裏？」

「你的姐夫？」

我解釋道：「他是基督教的傳道人。」

瑪莉卡轉着眼珠子，問：「他如何回答？」

「他說，上帝與我們同在——基督教的標準答案之一。」

「上帝為什麼容讓慘事發生？為什麼不打救世貿大樓裏的人？」

「我當時正正這樣問他。姐夫答，他不知道。」

「他怎可以這樣回答！恕我冒犯，他作為傳道人，應忠於信仰，為所信的上帝發言。」

「我的姐夫當然還有話要說。他說，行兇的是恐怖分子，不是上帝。」

「我同意。但那些無辜的人……我知道，我們這些……恐怖分子殺死很多無辜的人。如果上帝是公義的、有權能的，理應出手阻止或施行審判……」瑪莉卡的眼神帶着憤恨。

「人人都有一死，死後且有審判；至於人何時死、怎樣死，卻是難以確定。世人總以為壽終正寢才是正常，這是人的觀點、角度。但在上帝看來，可能不一樣？姐夫不知道天災人禍背後有多少玄機，他既沒有代上帝答辯，也無能力代上帝答辯。」

「那……基督教信仰總得有個說法吧？」

「姐夫知道上帝為什麼不立即刑罰所有犯罪的人，施行真正的公平。因為，上帝仍然忍耐世人，盼望他們認罪悔改。他還引了一段《聖經》，唔，沒記錯的話，該出於〈路加福音〉。耶穌責備耶路撒冷人：從前西羅亞樓倒塌了，壓死十八個人；你們以為那些人比一切住在耶路撒冷的人更有罪嗎？我告訴你們，不是的！你們若不悔改，都要如此滅亡！」

瑪莉卡垂下頭，把臉埋在兩臂之間。

天上的一隻風箏斷了線，隨風飄遠。

一個男孩拋下線桄子，拚命地追趕，希望拾回他的風箏。

瑪莉卡哽咽道：「我有罪，我是個罪人，流了無辜人的血！」

「唉！我也不敢說自己沒罪。」我坦言。

「達達……」

馬蹄聲響由遠而近，從蹄聲分辨，這匹馬矯捷、壯健、步伐有力、步速均勻，絕非綠眼女孩家中的老馬所能比擬。

窮鄉僻壤，何來一匹駿馬？策馬者又是個如何非凡的人物？

2

我打起精神，凝視車路盡頭，看時，路上塵頭大作，但見一匹快馬，全身雪白，四蹄翻騰的疾馳而至。鞍上的人，一身白衣勝雪，潑潑剌剌的縱馬飛奔。

不僅我和瑪莉卡詫異，連山坡上的孩子們都忘卻風箏，定睛盯着那一人一騎，大叫起來：「嘩……厲害……」

在孩子們的驚歎聲中，白馬轉眼奔到石榴樹下，白衣人一勒繮繩，胯下白馬人立而起，昂首長嘶。白衣人拍拍馬項，白馬平靜下來，搖搖尖耳朵，「呼呼」的噴了兩口氣，大有意猶未盡之態。白衣人兜轉馬頭，白馬踱步至我們跟前，白衣人的相貌、體形有幾分似烏克蘭球星舒夫真高。

他跳下馬背，帶笑道：「Hello，阿 Wing、瑪莉卡，我是 KGB 特工。你們可以喚我『舒夫真高』，這當然只是化名，因為大家都說我的左臉有五分像舒夫真高。」

「不止五分，你們有七分相像。不知道你的球技如何？懂不懂炮彈射球？」

舒夫真高躍下坐騎，撫着白馬的鬣毛，道：「阿 Wing，我們打開天窗說亮話吧。我想請瑪莉卡跟我回莫斯科。」

「你直接，我爽快。一句話，恕難從命！」

「你們大概不清楚最新狀況。」

「什麼狀況？」

「阿漆的車隊離開喀布爾後不久，遇到交通意外……」

「你幹了什麼？阿漆到底怎樣了？」我握緊拳頭。

「不要緊張，我沒幹過什麼，他亦平安無恙。只是在他車隊前面不遠處發生了交通意外，七車連環相撞，包括一輛運油車，現在道路全線封閉。我想，他最快今晚才可到達這裏。」

我平靜地說：「他會改用其他交通工具，例如直升機。」

「不說你不知。」舒夫真高揚起馬鞭，朝天虛指一下，「當下，在風箏之上的雲層後面，有一架美國的F-22猛禽戰機正虎視眈眈。尋常的直升機碰上它，只會變成炮灰。」

「又是F-22！可惡的美國人，老是冤魂不散。」瑪莉卡氣惱地道。

「那F-22現在還不敢放肆，因為附近另有一架俄羅斯 Su-35 戰機牽制着它，跟它旗鼓相當。所以，瑪莉卡，我是好意相邀的。」

「哼！天下烏鴉一樣黑。美國、俄羅斯，沒一個好人！」

「你太偏激了。我一心為保護你而來。兩位，請看，」他掀開外衣，「我身上沒武器。」

「我自會保護她，不用你費神。」我翻開戰術背心其中一個口袋，露出手槍，「我身上有許多武器。」

「呵呵，阿 Wing，你還是不明白，我既已現身，不可能因你露械而放棄瑪莉卡。」

「我也不可能因你的長相似舒夫真高，就讓你帶她走。如果你長得像碧咸，我或會考慮。」

「阿 Wing，我們總得想個辦法，擺平我倆之間的矛盾。」

「很簡單，我打暈你，或者你打暈我。」

「不，不，不能動武。我國外長擬好給中國外長、歐盟外長和聯合國祕書長的回信裏，重申我方人員從沒攻擊過你們。俄羅斯人最講信用，既然表明不用武力就貫徹到底。私底下老實說，你們離開伊斯蘭堡中國領事館後接連遇襲，都不是我們出手的。」

「不打架的話，」我把衣袖往上推，「我們來一局剪刀石頭布，一局定輸贏。誰贏了就可以帶走瑪莉卡。」

「噢，太兒戲了……」舒夫真高顯得有點為難。

「喂！」瑪莉卡暴跳起來，雙手叉腰，「你們討價還價要到幾時呢？我不是貨物，也不是寵物，要走的路由我自己決定。」

舒夫真高輕佻地笑道：「你？」

「我不去莫斯科，我恨死俄羅斯人！」瑪莉卡「唰」的抽出短彎刀，揮刀望舒夫真高的頸項刺去，「擋我者死！」

舒夫真高閃身避過一刀，手裏的馬鞭向上一挑，反擊瑪莉卡，要在她臉上多添一道疤痕。

我偷步跨前，閃進兩人中間，出手如電的左攫舒夫真高的馬鞭，右握瑪莉卡的手腕，把她的彎刀送到舒夫真高的眉心前三公分處，凝住；舒夫真高的馬鞭則觸及瑪莉卡前額的髮尖。

我笑着說：「使不得，使不得。舒夫真高，你動武就是不講信用；瑪莉卡，我相信他沒襲擊我們，他勉強稱得上是無辜者。」

舒夫真高的額角冒出三滴冷汗，他首先放開馬鞭，慢慢退到白馬前面。瑪莉卡含怒收起彎刀。

舒夫真高的右肘擱在馬鞍上，歪着頭，伸出食指擦掉額角的汗滴，說道：「阿 Wing，久聞你身手了得，今日一見果然名不虛傳。我自問沒法子從你身邊帶走瑪莉卡，所以，我選擇退而求其次的方案——協助瑪莉卡逃避美國特工的追殺。反正，我們還有許多方法對付車臣游擊隊。」

「好，你我的目標一致。那你有何提議？」

「天上那架 F-22 是你們最大的障礙。我們的 Su-35 一撤退，F-22 將會肆無忌憚地攻擊你們，甚至禍延小鎮居民。」

「你命令Su-35擊落或驅趕F-22吧。」

「不行，我方貫徹不動武的承諾。」舒夫真高露出一個俏皮的眼神，「如果你懂得駕駛Su-35，那就容易安排了。」

「我懂。我上星期讀過Su-35的使用手冊，跟玩PSP差不多。」

舒夫真高搖頭，半信半疑的道：「你沒可能讀到的，那是一級機密資料。」

「總之，我有辦法，信不信由你。」

「Okay，言歸正傳，我把這白馬借給你們。你們騎馬由此地向南一直跑，會到達一段又直又闊的車路。Su-35十五分鐘後在那兒降落，供你們使用。」

「謝謝。你一番好意，我們卻之不恭。」我牽過韁繩，翻身上馬。

「不用謝。形格勢禁，我別無選擇。」說罷，舒夫真高轉向瑪莉卡說：「希望你平安到達歐盟國家，利用你手上的材料，撕破美國人的假面具。」

我垂下右手，瑪莉卡一把握着，我使力助她攀上馬背，說：「時不宜遲，我們走吧。」

「請了。」我拱手別過舒夫真高，雙腿輕輕一踼，白馬知道又可以盡情奔跑，嘶叫一聲，就如箭般往前發力直闖；瑪莉卡幾乎給牠抖下馬背，她慌得從後緊抱我的腰。片刻之間，我們將舒夫真高和放風箏的孩子們遠遠拋在身後。

白馬速度驚人，我只覺耳旁的風聲颯颯，山嶺、房舍不住倒退，坐在鞍上，仿如乘坐一架正加速起飛的戰機，嘩！爽極了！

十分鐘後，我們轉過山坳，車路出現眼前，就在一塊高地旁邊。我策馬奔上高地，再勒馬收繮，游目四顧，四野無人。這時太陽臨到中天，山風呼呼，高地下面的車路又直又闊，的確可用作戰機升降的路道；不過，待會戰機降落時，誰能保證沒汽車駛至？即使是一輛細小的摩托車，也會釀成災難。

既然來到這一步，多走一步亦無妨，且看舒夫真高有何妙着。

「喝！」我一推馬頭，白馬筆直的往高地衝下去，差不多抵達車路時，前方天際的雲層，紅光閃爍。

我立即收緊韁繩。

霎時，兩枚導彈從雲中冒出，迎面向我們飛來——

「啊！」瑪莉卡失聲驚叫，我也猛然一驚。

兩枚空對地導彈齊來，還有命麼？正當我撥轉馬頭，趕緊逃命之際，導彈在空中作了 90° 轉彎，一枚射左，一枚射右。

「隆——隆——」

導彈在直路兩端各炸開一個大洞。

白馬縱使神駿，畢竟只是畜牲，突如其來的爆炸把牠嚇得仰天嘶叫，前足狂蹬，後蹄翻踢。我前抱馬項，後挽瑪莉卡，好不容易才穩住兩者，既不讓白馬發瘋，也不讓瑪莉卡摔下馬背。

「導彈射歪了麼？攻擊目標是我們還是車路？」瑪莉卡問。

「當然是車路囉。」

「好端端的一條車路，為什麼炸毀它？」

「嗚……嘰……」

一架戰機破雲而出，在我們頭頂衝過。

那戰機長約 22 米，高 6 米，翼展 15 米，分前翼、主翼、平尾等三組翼構面，還有一雙垂直於機尾的梯形方向舵。Su-35 來了。

我道：「機師爆炸路段，為了不受汽車干擾，安全着陸。方法雖然收效，但未免太霸道了。」

「這就是俄羅斯人的作風！」

Su-35 在低空描了一個大弧，折飛回來，放下機輪，降落車路之上。

「我們登機啦！」我促馬馳驟而下。

機師打開透明艙蓋，爬出戰機，除下頭盔。我和瑪莉卡來到戰機前面，在懸於機翼的 R-27EL1 追熱導彈旁邊下馬。機師給我頭盔，我給他馬鞭，彼此交換了眼神，他上馬，我登機，都不發一言。

我把瑪莉卡安頓在後座，助她扣緊安全帶、戴上頭盔和氧氣罩，再擠進駕駛座。儀錶板正面的兩個 15 吋 MFI-35 主體顯示屏、左側三個較小的輔助顯示屏，全都操作正常，清楚列出導航、射控、武器、飛行資訊、系統操作等數碼化資料。我戴上飛行頭盔，HMD 頭盔顯示屏自動開啟。

AL-41F1 引擎隆隆作響，Su-35 戰機蓄勢待發。

「預備好了嗎？」我問瑪莉卡。

「預備好了。我好像一個……」瑪莉卡的聲音有點緊張，「藏在炮管裏的馬戲班藝人，等候拍檔燃點火藥引線。」

「我們起飛了。」我將操控桿向前推，TVC 三維向量渦輪機轟然旋轉，即時產生 14,500 公斤推力。我們坐在引擎上方的駕駛艙內，感到一陣天搖地撼，目眩心顫。我一鬆開制動器，戰機旋踵向前急衝，我與瑪莉卡彈起，再撞上各自的椅背，戰機僅花三秒便騰空飛起，向上爬升。

「跑道」和其上的汽車迅即消失足下，艙外是一片碧空萬里。

我把戰機升至 1,200 米，把機翼改為低風阻角度，以時速 1,500 公里向西直飛，告別阿富汗，告別巴基斯坦。

*　　*　　*

「你沒事吧？」

「我……暈機……」

「座椅下面或有嘔吐袋……」

「哋——」

RWR 雷達預警接收器感應到有飛彈來襲，同時，Kopyo-DL 後視雷達偵到飛彈從右後方水平死角位射來。

可惡！那架 F-22 真討厭。

按常理，敵機來襲，我應加速擺脫，但我兵行險着，減速至每小時 400 公里平飛。

「你幹什麼？快逃啊！」瑪莉卡回頭盯着飛彈。

那是一枚 AIM-9「響尾蛇」導彈。

我沒答話，集中精神，看準導彈的來勢，驀地拉起操控桿，將攻角拉至 120°，Su-35 隨即以每秒 270°的滾轉率，作出「包加契夫眼鏡蛇擺動」。由於戰機的設計概念不同，美國的 F 系列戰機，沒法作出類似的空中翻滾。俄羅斯機師都說，用此動作閃避飛彈，十拿九穩。這次也不例外，「眼鏡蛇」勝過「響尾蛇」。「響尾蛇」導彈在 Su-35 左翼 10 米之處飛過。

我鬆開操控桿，使戰機恢復平飛。

後面的瑪莉卡嘩啦嘩啦的在嘔吐。她找不着嘔吐袋，還是俄羅斯人不習慣在座椅下放這個？我成功避過 F-22 射出的導彈，卻避不過瑪莉卡吐出的「集束飛彈」，她在後頭吐，我在前頭「中彈」。一身穢物，真倒楣！

我還來不及清理穢物，具有追熱功能的「響尾蛇」導彈在前面繞了一圈，迎面撞來。

正面較後面容易應付，我以頭盔的 HMD 系統瞄準導彈，目瞪導彈，指頭按鍵，內置機底的 GSH-301 機關炮射出一排穿甲子彈，把「響尾蛇」轟毀。

Su-35 和 F-22 同樣具有出色的匿蹤功能，我和 F-22 機師都不能在雷達上看到對方。他向我發射導彈，全憑目視；要避開他，就不能讓他看見。所以，我立刻側翼急降，以近乎垂直的角度插進雲層，再改向東南方平飛。

想不到剛才直插雲層，瑪莉卡吐出的穢物竟沿着透明艙蓋內側流到前座。嘔吐這回事會傳染，穢物的酸臭氣味，令我感到反胃。

「阿 Wing，對不起，把你弄髒。」瑪莉卡從後遞上一塊手帕。

「不打緊，第一次乘搭戰機的人，多數都會暈機。」我用她的手帕抹去落在艙蓋上、遮擋視線的穢物，「你閉上眼睛，休息一陣子，很快便會適應過來。」

飛了一會，風平浪靜，似乎我已擺脫敵機。於是，我升入雲頂，使用機上的無線電聯絡露絲。露絲聽見我的聲音，高興得在特工總部裏尖叫起來。

「別高興得太早，我們還未脫險。」

「遇到敵人嗎？」露絲大為緊張。

「正是。我借了一架 Su-35，載着瑪莉卡在……印度上空向東南方飛行。我們數分鐘前，被一架似是 F-22 的敵機攻擊。」

「我馬上為你找支援。」

「還有，請聯絡歐盟，我該送瑪莉卡往哪裏？」

「Okay，有消息了。我的組員跟美國國防部取得聯繫，對方回覆目前並沒美國戰機在你那一帶上空執勤。」

「一派胡言！」

「對方還說，已從駐守印度洋的航空母艦派出兩架 F-18 戰機為你護航。」

「免啦！我這兩天患上美國戰機恐懼症，叫 F-18 回航吧，我不想遇見它們。」

「中國呢？中國解放軍願意派戰機給你支援。」

「好哇，請他們快來。」

「兩架『殲 11B』戰機已於海南空軍基地升空，五分鐘內可與你會合。」

「有他們相助，我放心了。我這個不專業的機師，的確沒法跟 F-22 正面交鋒。」

「阿 Wing，歐盟方面也有消息，我把降落座標傳到你的戰機。那是一個祕密空軍基地，地圖上找不到的，你飛抵那裏自然看見。」

「收到。」我把露絲傳過來的降落座標輸入導航系統之中，MFI-35 顯示屏相應地展現歐洲地圖，地圖以降落座標為中心，定格放大，地點位於瑞典北部。光看地圖，的確沒任何軍事設施，況且，俄羅斯戰機上的地圖，不可能存有詳盡的西歐軍事資料。

未幾，Irbis-E 雷達發現兩架飛機朝着 Su-35 飛來，速度比一般的民航機為高，而且按它們的並列隊形，該是戰機。我啟動雷達的掃描模式，偵測它們是什麼戰機。五秒之後，輔助顯示屏列出有關資料，雖然我讀不來上面所有的俄文，但憑數據分析，它們無疑是「殲」系列戰機。

我主動飛向戰機，並向它們發出通話信息。

「阿 Wing，」對方以帶四川腔的普通話回應，「我代表中國人民解放軍向你們問好。」

「託你們的福，我總算沒被響尾蛇導彈擊落。」

「放心，有我們在此，老美不敢造次。」說着，戰機在我的視野內出現，果然是兩架「殲 11B」。

「兩位，我要改變航道，飛往北歐。」

「沒問題，我們在你左右護航。」

為怕瑪莉卡再度嘔吐，我減慢機速，選擇一條較大的弧線作 180°拐彎。

兩架「殲 11B」飛至我的後方，熟練地改變飛行隊形，分別佔據左右兩側，跟 Su-35 組成一個三角陣勢。由於我們三架戰機的速度相同，又處於同一高度，乍看起來，彷彿機身在空中靜止不動似的；然而一分鐘後，我們都增至時速 2,000 公里，望瑞典竄去。

天空以令人咋舌的速度往後急退。

以一敵三，如果我是那個 F-22 機師，絕不會在此時輕舉妄動，除非美方派機增援。不過，看來機會甚微，因為我和瑪莉卡遇襲一事，已由敵方祕密行動，高調地提升為外交角力。美國人不敢明目張膽向中國戰機開火；又或者，礙於事件全面曝光，美國人已自難而退。

3

由於目的地是瑞典的祕密基地，在進入瑞典領空前，我們這個「鐵三角」必須解散。兩架「殲 11B」接到指令，馬上折返中國，為 Su-35 護航的責任，將由瑞典戰機接替。

就在中國戰機離去，瑞典戰機未至的短暫空檔，我和瑪卡莉仍一廂情願地以為可以無驚無險降落。不料，一架戰機如鬼魅一般，突然在我們前面 500 米橫飛而過，沒入雲層之中。

正是 F-22「猛禽」戰機。

它一路暗中追殺我們，此刻終於現身了。

「它飛到哪裏？」我左顧右盼。

「我看不見它。」瑪莉卡瞧上瞧下。

肉眼看不見，雷達測不到，F-22 神出鬼沒，教人防不勝防。開得動這架 Su-35 已是我的能力上限，跟敵機空戰，非我所長；三十六着，走為上着，敵不過就溜。我將操控桿向前盡推，打算極速逃命。

「咇——」

RWR 雷達預警系統又一次「敲響喪鐘」。

我一看畫面，Su-35 已被敵機鎖定。

「它……在我們上方！」瑪莉卡驚惶失措。

糟！ F-22 飛臨 Su-35 後上方 45^0，距 Su-35 不足 200 米，居高臨下；這個角度、這個距離，我做什麼超高難度的閃避動作，都無補於事。幾顆穿甲子彈足以將

Su-35 擊落。我千辛萬苦、千里迢迢帶着瑪莉卡逃亡至此，只差一小段路程，便完成任務；估不到，這一小段路程，竟是我們生命的最後一程！

「瑪莉卡，對不起，我已盡力。」我沮喪地說。

就在我倆束手待斃之際，颼——

兩枚「霹靂 11」導彈由高天之上穿雲而出，疾飛而至。

「隆——」

F-22 剎那間化為千百塊燒得熾熱的碎片，宛如急風狂雨一般，向四面八方飄潑。

我精神一振，第一時間撥動操控桿，斜飛急降，遠離身後那陣火雨，免遭碎片打中。

「好險啊！」回望 F-22 的碎片由高空墜落凡塵，我捏了一把冷汗，差之毫釐，謬之千里。若非兩枚「霹靂 11」導彈及時殺到，如今粉身碎骨的將是我和瑪莉卡。

瑪莉卡問：「誰救了我們？」

「大概是……」

「嘰……」

兩架「殲 11B」在我們左邊反方向飛過。

「感激你們出手相救。」我透過無線電致謝。

「不用客氣。」親切的四川腔普通話再次在耳機內傳出，「老美狡猾，我們也不笨。」

「你如何瞄準 F-22 ？它在雷達上是隱形的。」

「唏！別聽老美自吹自擂，F-22 的匿蹤技術並非百分百無瑕無疵。它的致命弱點，在於金屬天線，仔細察看就能看得出。」

「我聽伊斯蘭堡中國領事館的鄭先生說過，可是知易行難，我剛才怎也看不出來。」

「這事是我告訴老鄭的。哈哈，阿 Wing 老弟，在長空萬里之間，需要憑經驗、靠直覺來找出隱形戰機。我們兩位的飛行哩數，一點都不失禮。」

「說也是的。」

「好了，瑞典戰機準時到達，我們真正功成身退。後會有期。」

「它準時？」

兩架「殲 11B」呼嘯飛走，一架瑞典的 JAS-39 戰機姍姍來遲。「殲 11B」機師方才的幾句話，內含玄機。剛才可是他們故意製造那個空檔，引 F-22 上釣？那麼，我豈不是作了「魚餌」麼？現在，已沒法求證。「殲 11B」走了，JAS-39 這才趕到現場，瑞典機師有大把理由推脫。算了，反正平安無事，無謂多費唇舌。

JAS-39 戰機的機師跟我打過招呼，便在前頭引路，領我飛往北部山區。

到達降落座標，我依照瑞典機師的指示，把機鼻向下傾斜，降至 3,000 呎以下，山林之間閃着指示燈號。我鎖定那燈號，直飛過去，地面的影像愈來愈清晰，跑道就在腳下。我在空中拐彎 65^0，對準跑道入口，減速低飛。機身遇上地面的亂流，上下搖晃，我握緊操控桿，穩定機身，接着放下機輪，幾秒鐘後戰機轟然着地。我最後啟動逆向推進器，Su-35 滑行一百碼左右，停了下來。

終於大功告成，我鬆一口氣，頓覺渾身虛脫。

「阿 Wing，我不知該如何感謝你。」瑪莉卡在後面輕聲說道。

我鬆開安全帶，轉身瞧着她，說：「你保重身體，健康地生活下去，就不枉我辛苦一場。」

「一定。保重了。」

一輛吉普車駛至，一名瑞典軍人下車，攀上戰機。我打開艙蓋。他向我敬一個軍禮，便扶瑪莉卡離開機艙。

「還有這個。」我從口袋裏掏出拇指磁碟，交給軍人。

瑪莉卡回頭，帶着感激的神情看了我一眼，便隨軍人下機。

他們登上吉普車，駛離跑道，消失於茂林深處。

林間鳥叫囀囀，山上風聲呼呼，天上，那架引路的 JAS-39 也不知去向，沒人招待我吃三文魚和喝啤酒，瑞典人真不懂待客之道。此地不留人，自有留人處，我得先找個地方洗澡，換件乾淨衣服，還得把 Su-35 交還舒夫真高，就趁機叫他請我吃魚子醬吧。

於是，我駕着飛機沿着跑道升空。

在空中，我輸入飛向莫斯科的航線，也把操作改為自動，再刪掉 Su-35 今天的所有飛行記錄，然後用無線電接通 KGB。

「找誰？」一把粗暴的男聲接聽。

「我找舒夫真高……」

「神經病！打錯電話了！找舒夫真高撥電車路士球會嘛！」

「喂……」

「胡……」

4

夜半，颳起一陣急風。

我醒過來。露台那扇門給風吹開了，門簾隨風擺動，一人佇足門簾以外，怔怔的瞅着我。月光把那人的身影拉得又尖又長，斜貼在我的牀上。

我從牀上跳起，笑着問：「踏着月影而來的，請問是哪一位？」

「我是瑪莉卡。」她步履輕盈地走進來。

「噢，瑪莉卡，你好嗎？」

「我很好，你有心了。我有事找你商量。」

「是什麼事？」

「婚事。」

「誰和誰的婚事？」

「你和我。」

「嘻，別玩開笑喔。」

「我是認真的。你我有過肌膚之親，按照車臣的古老習俗，你要娶我為妻。」

「我們什麼時候有過肌膚之親？」

「在開伯爾山口，在馬背上，我抱過你；在地堡裏，我伏在你的大腿上睡覺。」

「那怎算得肌膚之親，而且，我不能娶你。」

「你另有意中人？」

「對，她明天從美國回來。」

「我不會讓你們見面。」

「感情不能勉強，勉強沒幸福，瑪莉卡，何苦呢？」

「阿 Wing，我們做不成夫妻，就讓我們同年同月同日同時死吧！」瑪莉卡掀開布卡，露出纏在腰間的炸彈。

「喂，等一等……」我急得摔了一跤，摔在牀邊，攬住枕頭，睜大眼睛，才知道是惡夢一場。

我揉着摔痛了的腰踱到露台，挨着欄杆，吸一口清涼的空氣，夢境異常逼真，我不期然憶起瑪莉卡。

瑪莉卡到達瑞典當日，有關方面祕密送她往另一個歐盟成員國，以一個新的身分，重過新生。她的那張磁碟裏的資料，雖沒曝光，但已成為超級大國之間討價還價的籌碼。至於美國方面，瑪莉卡人間蒸發後不久，CIA 其中一個高層官員在寓所內吞槍自殺，留下一封遺書，裏面有一項承認資助車臣游擊隊和追殺瑪莉卡。而最微妙的是，此人在遺書裏一再強調，自己欺瞞上司，私自行動，原因是出於愛國。最後，白宮以一句「極度遺憾」，為事件劃上句號。

天上繁星閃閃，遠方，阿富汗的天空是否一樣？抑或烏雲密佈？我想起那個在藍天白雲之下，追趕風箏的阿富汗男孩，也想起楊慧思的幾句詩：

曾經　多麼渴望擁有
一雙　藍色的翅膀

蔚藍的晴空遼闊無垠
我是嚮往自由的鴿子

任意穿梭　翱翔

朝着和平的國度迤邐

我願徜徉幽藍的夜空

敞開心扉

懷抱悠悠天地

振翅遠颺

尋索生命的奇蹟

感謝您選了這本書，閱讀以後，
您有沒有一些啟發，一些感想？我們期望您的聲音。
請登上 **www.btproduct.com/book**，
在「讀者回應卡」頁面內填寫。謝謝。

飛翔專號系列・Q 版特工 X 嘉薰醫生

榮獲 香港教育城 2008
「十本好讀」獎項

《生死 X 緣》　梁科慶　陳嘉薰

劇毒「物質 X」，叫阿 Wing 英雄末路，
嘉薰醫生急要治好活友人；
更翻出善良男人與惡毒女人的一段情！
「死人」復生 —— 金大芝再現！
X 是情、是怨？終須以血來償！

《隱市狂徒》　梁科慶　陳嘉薰

狂徒連連在旺角高空擲物，死傷無數；
嗜血鏹水彈下，全城恐慌。
嘉薰取不到指紋半個，阿 Wing 給耍至
暈頭轉向，
這俠義夢幻組合，如何從盲女口供疑點，
窮追猛打，伏妖降魔？……

榮獲 香港教育城 2010
「十本好讀」獎項